赤川ミカミ
Mikami Akagawa
illust:218
〝パーティーをクビになったけど〟
最強スキル『爆速レベルアップ』で
成り上がり無双！
KiNG novels

優しい神官見習い
ラヴィーネ

甘えん坊な令嬢
スティーリア
やる気の商人お姉さん
ネブリナ

「ね、グロム……」

「あぅ……もう我慢できません、グロムさん」

「わたくしも、んっ、グロムが欲しいですわ」

彼女たちはそう言って、ベッドの上で足を広げる。

三人の美女が、俺を求めているのだ。

足を開いた彼女たちの秘められた場所は、
もうすっかりと濡れて、肉棒を待っていた。

そんな姿を見せられれば、こちらも滾ってしまう。

パーティーをクビになったけど最強スキル『爆速レベルアップ』で成り上がり無双！

赤川ミカミ
illust：218

KiNG novels

"パーティーをクビになったけど"
最強スキル『爆速レベルアップ』で
成り上がり無双！

contents

プロローグ　爆速レベルアップでハーレム生活

現代日本から、ファンタジー異世界への転生。

しかも「錬金術師」という、「成長は遅いけど強い」という評価のレア職業で。

そんな条件でこちらの世界に来た俺は、異世界での華やかな冒険に憧れ、あたりまえのように冒険者になった。

けれど実際のところは――。

確かに錬金術師はレア職業であり、強力ではあったものの、レベルアップが遅いという欠点まで持ち合わせていた。つまり、冒険仲間としては足かせになりやすいのだ。

それが常に、所属パーティーがランクアップしていくごとに、俺に重くのしかかってきて……。

気がつくと俺だけがレベルが低いままであり、仲間たちについていくのが難しくなってしまったのだった。

そんな俺の希望だったのが、第二職業だ。

この世界では時折、第二職業というもうひとつの能力が発生する。

俺は今度こそ、レベルアップが早めで戦闘に役立つ能力であることを祈っていたのだが……。

俺の第二職業は、「遊び人」だった。

名前のイメージ通り、戦闘には役立たないものだ。

発動する能力にランダム性があり、一発逆転のジャイアントキリングを狙える可能性はあるものの、それはよほど運良くハマった場合だけ。

基本的には、冒険者としては役に立たない職業だ。

結果として俺はついに見はなされ、パーティーを離脱して……。

そこで、女商人のネブリナに声をかけられることになった。

冒険者と違い、錬金術師として街で暮らすなら、性急なレベルアップが必要ではない。

そう言ってくれた彼女とともに店を始め、俺は錬金術と現代知識を生かして、様々なアイテムを作っていった。

そしてついに発現した新スキルが、「爆速レベルアップ」なのだった。

冒険者としては間に合わなかったが、これこそが待望のスキルだ。

それによって錬金術師としても急激に成長し、今ではこの世界に存在しないはずの、様々な電化製品までも作成できるようになっている。

俺はいつしか、貴族たちからも重宝される特別な錬金術師に出世していた。

それも驚きの展開だが、日々の生活でそれ以上に変わったことと言えは……。


「グロム、ほら、早く」

「ああ」

ベッドの上から、ネブリナが声をかけてくる。

緩やかにウェーブした茶色の髪。

すこしけだるげな雰囲気の、きれいなお姉さん、といった美貌の彼女。

彼女はあられもない姿で、ベッドから俺を呼んでいる。

こちらへ伸びる細い手。そして一番目を引く、たわわな爆乳。

彼女のような美女にこうして誘われるのは、男冥利に尽きる話だ。

さらには――。

「グロムさん、お洋服、脱がせちゃいますね」

そう言いながら俺のそばに来たのは、ラヴィーネだった。

彼女は大きな瞳が特徴の、金髪美少女だ。

ラヴィーネは教会から派遣されてきた少女で、表向きは、前例のない怪しげな錬金術を行う俺に対する監視役ということになっている。

たが、実際のところは違った。

貴族たちと同じく、俺の現代知識による道具を教会も便利に思ってくれている。その製造過程で、「神に背くような行いはない」というお墨付きのために、ここに派遣してきたのだ。

だから、ラヴィーネは最初から、俺たちに好意的な人材として送り込まれている。

その結果として……こういった夜の意味でも仲良くなったのだった。

誰もの目を引く、美しく白い肌がまぶしい彼女。

そんなラヴィーネも、こちらへ歩いて来るのに合わせ、大きなおっぱいが揺れる。

そしてそのまま、俺の服を脱がせにかかってきた。

「ふふっ、わたくしも手伝って差し上げますわ♪」

そう言って、今度はスティーリアがこちらへと来る。

スティーリアは近くを治める子爵の娘だ。

彼女を助けたことから交流が始まり、子爵共々すっかりと気に入られ、こういう関係になっていた。お嬢様らしい、華やかな美貌だ。

その華やかさや振る舞いで、少し強気な印象を受けるのだが、夜になると甘えん坊のかわいらしい面も見せてくれる。

そんな彼女もプロポーション抜群であり、つんと上向きの生意気おっぱいを揺らしながら、俺のところへと近づいて来る。

そして彼女は、手伝うとと言いつつも、かがみ込んで俺の股間へを手を伸ばしてきた。

「ほら、ここはもう、かまってほしそうにしてるわよ♪」

そう言いながら、ズボンを脱がし、ペニスに触れてくる。

「うっ……」

お嬢様のしなやかな手が、チンポをいじっていく。

その光景はどこか背徳感があり、俺を興奮させた。

「スティーリアさんってば……」

そう言いながらも、俺の服を脱がせていくラヴィーネ。

そんな彼女を横目に、スティーリアは大胆に肉竿をいじっていく。

「ほら、大きくなあれ♪　むにむにっ」

「くっ……」

スティーリアのしなやかな手が肉棒をいじり、刺激してくる。

しかも、裸の美女三人に囲まれた状態だ。

そうなると当然、肉棒は素直に反応してしまう。

「あっ♥　おちんぽ、大きくなってきた。ほら、しこしこっ……」

「スティーリア……」

「わたくしの手の中で、どんどん膨らんでますわ♪」

そう言いながら、肉竿をますますいじってくる。

「どうせならベッドに寝かせて、みんなで、ね？」

「そうですわね」

近づいてきたネブリナが言うと、スティーリアが素直にうなずいて、俺をベッドへと促した。

かわいい女の子も大好きなお姉さんであるネブリナは、スティーリアやラヴィーネともすぐに仲良くなり、ふたりから信頼されている。

貴族令嬢であるスティーリアにも、距離を感じさせないくらいの親密さだ。

そんなことを思っているうちに、俺はベッドに寝かされ、三人が覆い被さるようにしてくる。

「ふふっ、いっぱい気持ちよくして差し上げますね♪」

そう言って、三人が俺の股間へと顔を寄せてくる。

「ああ……」

美女たちに囲まれ、股間をのぞき込まれるのは、豪華であると同時に少し気恥ずかしい部分もある。

しかし、肉棒のほうはもうすっかりと期待して、上を向いていた。

「それじゃ、三人でご奉仕するわね♪」

「そうですわね♪」

そう言いながら、彼女たちが肉棒に顔を寄せる。

そのだれもが、この世界で出会ったどんな女性よりも美しい。

最高の美女が三人も自分のチンポに群がっているのは、とても豪華な光景だ。

「れろっ」

「ちろっ」

「ちゅぱっ♥」

そんなふうに思っていると、それぞれに舌を伸ばして肉棒を舐め始めた。

「れろっ……ちろっ……」

「ん、ぺろっ……」

「血管のところを、つー♪」

「うあっ……気持ちいいよ」

いきなりの快感で思わず悶える。

「わたくしは先っぽを、んむっ……」

「れろっ、じゅるっ……」

「んむっ、ちゅっ♥」

彼女たちが競うように、肉棒全体を舐めていく。

さすがに三人同時となると顔もかなり密着し、竿が舌で覆われてしまいそうなほどだ。

「れろっ……ちゅぱっ、んっ、ふぅっ……」

「ちろっ……ぺろっ、れろっ……」

「ぺろろっ……」

ご奉仕されている様子は満足感があるものの、やはり動きにくさもあってか、単純な快楽という面では少し物足りなくなってくる。

するとそれを察したのか、ネブリナが妖艶な笑みを浮かべた。

「ふふっ、それじゃ、おちんぽはふたりに任せるわね……」

そう言いながら、彼女はさらに俺の股間へとずり下がっていく。

「それではわたくしがストロークを……んむっ、ちゅぽっ……」

「うおっ……」

先端を咥えていたスティーリアが、そのまま頭を動かし始める。

肉棒を口の奥まで咥え、唇で強くしごいてきた。

「私は根元のほうを擦っていきますね。はむっ。んむっ……」

そしてラヴィーネは、横向きに根本付近を咥えて唇を動かし、ハーモニカフェラで肉竿を刺激してくる。

「んむっ、ちゅぱっ……」

「あむっ、んぁっ……」

そんなふうにふたりがかりで、動きをつけてペニスを刺激してくる。

こうなると射精をしっかりと促され、気持ちよさが膨らんでいった。

「あたしは、こっちを気持ちよくしてあげる♪　今日もいっぱい、濃い精液を出してもらうんだからね。れろぉっ♥」

「うおぉっ……」

そう言ってネブリナが舌を伸ばしてきたのは、肉棒の下にある陰嚢だ。

「れろっ、ちろっ……」

彼女はそのまま、袋に舌を這わせてくる。

「こうやってシワのところを、ちろっ……」

「うぉっ……」

肉棒の気持ちよさとは違う、不思議な感覚に声を漏らしてしまう。

本来ならこんな刺激を受ける位置ではないので、それ自体に性的な気持ちよさはないが……。

「じゅぶっ、ちゅぽっ……」

「れろっ、んむっ……」

肉棒をラヴィーネたちにフェラされている最中ということもあり、その気持ちよさが後押ししてくる。

「んむっ、れろっ……こうやって、タマタマを舌で転がして、れろぉっ……」

「うっ……」

ネブリナが睾丸をくすぐるように転がして、丁寧に愛撫してくる。

「れろっ。ちろっ……」

「あむっ、じゅぷっ……」

「んむっ、ちゅぱっ……」

三人がそれぞれに、俺の男性器を愛撫していた。

その気持ちよさに、どんどんと射精感が増していく。

「んっ、タマタマ上がってきてるね。ほら、んむっ」

「おうっ……」

射精に向けてつり上がった玉を、ネブリナが支えるように上へと持ち上げる。

すると、射精の準備が早まったかのように肉竿が跳ねた。

「んむっ……♥　おちんぽの先っぽ、膨らんできましたわね……じゅぽっ……そろそろお射精しそうですのね」

「ああ……」

俺が答えると、スティーリアはさらに頭を動かしていく。

「じゅぶぶっ……ちゅぱっ、ん、んむっ……」

唇で肉棒をしごきつつ、カリ裏をしっかり刺激してくる。

「れろろっ……ちゅぷっ……」

さらには舌先が亀頭をなめ回して、俺に快感を送り込んできた。

「んむっ、じゅぷっ……」

「れろろっ……んぁっ……♥」

ふたりも愛撫を続け、急激に精液が駆け上ってくるのを感じた。

察したかのように、スティーリアがさらに激しくしてくる。

「じゅぶぶっ……じゅぱっ。じゅぷっ、じゅぼぼっ……。れろれろれろっ……ちゅ、じゅぶぶっ、じゅぼぼぼぼっ！」

スティーリアは激しく肉棒を咥えこみながら、バキュームをし始める。

吸い出されるような快感に、耐えられるはずもない。

「ぐっ、出る！」

「んむっ!?　ん、ちゅううぅっ♥」

「うぉっ……」

勢いよく精液を吐き出すと、彼女が一瞬、驚いたような表情になる。

しかし、すぐに気を取りなして、受け入れるどころか逆に吸いついてきたのだった。

「んむっ、ちゅうっ……♥　ん、んくっ」

射精中の肉棒をストローのように吸われ、俺は気持ちよさに浸っていく。

「んむ、ごっくん♪」

しっかりと精液を飲み干したスティーリアは、エロい笑みを浮かべるのだった。

「どろっどろの精液でしたわ……♥」

うっとりと言う彼女は、肉竿を軽くつついてくる。

「でも、まだまだいけますわよね？」

「ああ」

女の子に誘われたら、そう応えるに決まっている。

すると彼女たちは一度俺から離れ、ベッドへと横になった。

三人の美女が、裸で俺を待っている状態だ。射精直後といえど、興奮するに決まっていた。

「ね、グロム……」

「あぅ……もう我慢できません、グロムさん」

「わたくしも、んっ、グロムが欲しいですわ」

彼女たちはそう言って、ベッドの上で足を広げる。

秘められた場所が開かれ、もうすっかりと濡れて肉棒を待っていた。

そんな姿を見せられれば、当然こちらも滾《たぎ》ってしまう。

部屋中に発情した彼女たちのフェロモンが漂っており、すっかり淫靡な空間になっている。

俺は焚きつけられた欲望のまま、彼女たちへと迫るのだった。

そしてまずは、真ん中にいる美貌の女神官……ラヴィーネへと向かう。

「グロムさんっ……♥」

俺を呼ぶ彼女の潤った膣口に、ためらいなく肉棒を押し当てる。

「んぁ、ふぅっ、硬いの、当たって、あぁっ……♥」

そのまま腰を進め、潤んだ膣内に肉棒を挿入していった。

「あふっ、ん、あぁっ……」

そのまま腰を動かし始め、抽送を行っていく。

「ん、あぁっ、ふぅっ……」

待ちかねたラヴィーネがはしたなく嬌声を上げ、清楚な身体を揺らした。

「グロム、んっ……」

俺は腰を動かしながらも、両手でネブリナとスティーリアのアソコをいじっていく。

「あんっ♥　ん、ふぅっ……」

くちゅくちゅとおまんこをいじっていくと、彼女たちもかわいい声を聞かせてくれる。

そしてラヴィーネは、俺に抱きつくようにして身体を揺らしていった。

「んはぁっ♥　あっ、ん、あぁっ……」

「んぅぅっ♥　んっ……」

「あんっ！　あっ、あふっ……」

彼女たちの嬌声を聞きながら、三人ぶんのおまんこを楽しんでいく。

指先では蜜壺をいじり、肉棒できつめの膣を擦り上げる。

「あふっ、ん、あっ、あぁっ……♥」

「グロムさん、ん、ぁっ……」

「そこっ♥　あ、んぁっ！」

三人ともに高まって、ますます喘いでくれているのが嬉しい。

美女たちの裸体とその媚声、そして三人同時だという高揚感が、俺の腰をさらに突き動かした。

「んはぁっ♥　あっ、ん、ふぅっ……！」

蜜壺を突かれているラヴィーネが、ひときわ高い嬌声を上げる。

「んふぅっ、あっ、あぁっ……」

「あんっ♥　んぅぅっ……」

指もしっかりと動かし、左右の膣内をかき回したり、クリトリスを刺激していった。

同時に抱いているという特別感が、いつも以上に感覚を研ぎ澄ませていく。

「あぁっ♥　おちんぽで奥まで突かれて、んっ、はぁっ……」

「あふっ、グロム、ん、あぁっ……クリをそんなにいじられたら、んぁっ」

「んひぃっ♥　あっ、あぁっ。指だけでイカされてしまいますわっ♥　んあっ……んくぅっ……♥」

三人それぞれの嬌声が心地よく響いていく。

「あふっ、あっ、もう、イクッ、んぁ、ああっ！」

「あぁっ♥　ん、はぁっ、あうぅっ！」

「んぁ、そこ、あ、んぁ、あぁっ……♥」

大きく腰を突き出しながら、俺もフィニッシュを決める。

「「「イックウウゥウゥッ!!」」」

三人が同時に絶頂し、身体を跳ねさせた。そこで……。

「出すぞっ！」

どびゅっ、びゅくっ、びゅるるるるっ！

俺も同時に、ラヴィーネの絶頂するおまんこに気持ち良く射精した。

「んはぁぁっ♥　あっ、熱いの、出てますっ……！」

大好きな中出しを受けて、ラヴィーネの膣内がさらにきゅっきゅと締まっていった。

俺はそのきつさの中に、しっかりと精液を注ぎ込んでいく。

「んはぁっ、あっ、あぁ……♥」

「あふっ、グロム、んっ……」

「あうっ、わたくしも、イッてしまいましたわ……」

ネブリナとスティーリアも、快楽の余韻でうっとりしながら言う。

「ね、グロム……」

そして彼女たちは、再び俺に抱きついてくる。行為で火照った三つの身体に包み込まれた。

6つのおっぱいが、むにゅんっ、たゆんっと、柔らかく俺に押しつけられる。

美女三人を抱き、こうして愛される生活。転生前では考えられないような幸せだ。

「んっ、ね、グロムのここ、まだまだ元気なままですわよ……」

ステイーリアがねだるように、肉棒をしごいてくる。

「ああ、夜はまだ長いからな」

俺はそんな彼女を抱き寄せ、愛液をあふれさせている割れ目に亀頭を軽くなぞらせる。

「あんっ、ん、ね、グロム……」

お嬢様であるステイーリアが、俺の肉棒を自ら膣口へと導いていく。

男を呑み込むそのエロい仕草に興奮し、俺に肉竿は堅さを保ったままだ。

「あっ……ん、くぅっ……」

そのまま腰を進め、温かな膣内へと肉棒を挿入していった。

「んはぁっ……あ、ああっ……」

そのままふたり、抱き合うような姿勢で交わっていく。

「んぅっ、あぁっ……おちんぽ、わたくしの中を、いっぱい、ん、はぁっ……！」

ステイーリアは気持ちよさそうな声を上げて、抱きつく手に力を込めていった。

ぐっと抱きつかれると、その大きなおっぱいが柔らかく押し当てられてアピールしてくる。

たわわな気持ちよさを感じながら、俺は腰を動かしていった。

「んはぁっ……♥　あっ、ん、くぅっ……」

貴族のご令嬢が俺の耳元で、あられもない声を上げていく。

「あぁ、ん、ふぅっ……グロム、あぁっ……気持ちいい、ですわっ……♥　ん、はぁっ、ああっ！　ん、ふぅっ……！」

ぎゅっとあそこに力を込めながら、スティーリアが喘いでいく。

「あんっ♥　あっ、ん、はぁっ……んくぅっ……♥」

俺はそんな彼女の腰に手を回し、こちらへと引き寄せる。

「んくぅっ♥　あっ、んぁっ……」

身体が密着し、肉棒が奥まで入っていく。そのまま奥のほうを中心に腰を動かしていった。

「んぉっ♥　あっ、んはぁっ……！　おちんぽ、ぐいぐい入ってきて、んぁっ……」

膣奥を中心に刺激していくと、スティーリアの嬌声が大きくなっていく。

「あふっ♥　んぁ、ああっ……！　あっ、ふぅっ、ん、くぅっ……！」

よりいっそうの快楽に身もだえ、乱れていく。

「あふっ、ん、あぁっ……♥　イクッ、ん、もう、あぁっ……」

「いいぞ、そのままイって……」

そう言いながら、俺は腰を大きく動かした。

「んくぅっ……！」

身体がビクンと反応し、追い詰められていくのがわかる。

「あぁっ……♥　もう、だめっ、ですわぁっ……♥　あふ、んぁっ、ああっ……！　もう、ん、くぅっ、はぁっ……♥」

俺は最後にぐっと腰を突き出し、彼女の子宮口を突いた。

「あああっ♥　んはぁっ、あっ、くぅっ、イクッ！　んはぁっ、あっあっ♥　んぁ、あぁっ、んくぅぅぅぅっ♥」

強く俺にしがみつきながら、スティーリアが絶頂を迎えた。

「あっ、ん、はぁ……あぁっ……」

荒い息を吐きながら、ゆっくりと力を抜いていく。

「ん、ふぅっ……」

快楽の余韻で脱力していくスティーリアから肉棒を引き抜くと、すぐにネブリナへと向き直る。

俺の視線を受けた彼女は、妖艶な笑みを浮かべながらまたがってきた。

「グロム、ちゅっ……♥」

覆い被さってからの、情熱的なキス。

「ん、れろっ……」

そして舌を淫らに伸ばしてくる。

「んむっ……ちゅっ、れろっ……♥」

そんな深いキスに応え、俺も舌を絡ませていく。

「ん、あふっ……♥」

ネブリナは口を離すと、とろけた表情を見せながら、その手を俺の肉竿へと伸ばした。

「わっ、すごく熱い……♥」

そして、そのまま自らの蜜壺に挿入していく。

「ん、ふぅっ……♥　あぁ……挿れただけで、んっ……♥」

色っぽい声を出しながら、腰を下ろしていく。肉棒を完全に受け入れると、さっそく腰を動かし始める。

「あっ、ん、はあっ……ふぅっ……」

緩やかに腰を振るネブリナの蠕動する膣襞《ちつひだ》が、肉棒をしっかりと捉えて刺激する。

「あっ♥　ん、くぅっ……ふぅっ……」

なめらかに腰を動かすたびに妖艶な笑みを浮かべ、俺を見下ろした。

「グロム……ん、あたしの中に、いっぱい出して♥」

「ああ……」

そのドスケベなお誘いに、半ば無意識にうなずいてしまう。

「んっ♥　はぁっ……」

三人でもっとも成熟した膣襞が、子種を求めてうごめいていく。

「あぁっ、ん、ふぅっ……硬いおちんぽ、あたしの中をいっぱい埋めて、はぁ……あっ、ふぅっ、んっ……♥」

喜びの声を上げながら、その熱い身体を跳ねさせる。

「んぅっ♥　あっ、はぁっ、くぅっ……！」

腰を振るたびに弾む爆乳と、とろけた表情。そんなエロい姿に、俺の限界も近づいてきた。

「あはぁっ♥　ん、くぅっ……ふぅ、あぁっ……！　グロム、ん、あぁっ、んぁっ……！　イクッ、ん、はぁっ……」

「う、あぁ……俺もそろそろ出そうだ」

そう言うと、彼女はさらに激しく動いていった。

「ん、はぁっ♥　わかった、ん、あぁっ……一緒に、イこ？　ん、はぁっ、ふぅっ、んぁっ、あっ、あぁぁっ！」

「ああ……いっしょに……うっ」

ラストスパートで、お互いに淫らに腰を振っていく。

「んはぁぁ♥　あっ、くぅっ……！　ん、はぁっ、あっ、あふっ……んぁっ」

激しい腰ふりで、その爆乳と髪が大きく揺れる。

「んぁ♥　あっあっ♥　はぁ、う、くぅっ……！　ん、はぁ、ああっ、もう、イクッ！　ん、あっあっ♥　イクウウゥウゥッ！」

「ぐ、出る……！」

どびゅっ、びゅるるるるるっ！

「んはぁぁぁぁっ♥」

ネブリナの絶頂と同時に、俺も思いきり三発目を射精した。

「あふっ♥　あっ、んくぅっ……！」

ぎゅうっと収縮する絶頂おまんこに、精液を大量に吐き出していく。

「あぁっ♥　んっ……」

肉竿に絡みつき、精液を絞り上げてくる膣襞は貪欲だ。

俺はその最も奥まで、しっかりと精液を注いでいった。

「あぁ……♥　ん、ふぅっ……気持ち良かったわ」

絶頂の余韻で、ネブリナが恍惚の表情で俺を見上げる。

「こんなに幸せな関係になれるなんてね……。ふぅ……。あのときグロムを誘って……ほんとうに良かった……♥」

「ああ、もちろんだ。俺だってそう思っているよ」

答えると、ネブリナが俺にしっかりと抱きついてくる。

その後ろには、優しく微笑むふたりの姿もあった。


力不足でパーティーから離れざるをえなかった俺に、こんな未来があったなんて。

なんて幸運なんだろうか。

仕事も生活も、夜も充実し、心からこの世界での新人生を楽しんでいる。

そうしてまだまだ、俺は愛しい三人との熱い夜を過ごしていくのだった。

第一章　パーティーからの追放

いつものようにクエストから帰還し、ギルドに成功を報告した後で。

俺たちは酒場の片隅に集まり、話し合いをすることになった。

クエストの成功に反して明るくはない顔をする彼らを見て、俺はその用件の概《おおむ》ねを察することができた。

夕方の飲み屋だということもあり、ざわついた店内の中で、ここだけ空気がよくないのがわかる。

「グロム……」

リーダーであるライルが、言いづらそうに口を開いた。

「すまないが、パーティーを抜けてくれ」

「…………」

いよいよか、と思う。

予感はしていたものの、いざ切り出されると、なかなかにこたえるものだ。

咄嗟には言葉が出ずに、俺は黙り込んでしまう。

そんな俺を見て、ライルは気まずさからか言葉を続ける。


パーティーをクビになったけど最強スキル「爆速レベルアップ」で成り上がり無双！

「グロムは、よくやってくれていると思う。錬金術師はレア職業だし、俺たちもその恩恵は受けてきた」

確認するように、メンバーへと目を向けるライル。

気まずそうに俺から視線をそらしつつも、誰もがライルにうなずいて見せていた。

「おれたちは仲間だった。まぎれもなく、グロムはすごいやつだったよ」

すっかり過去形でそう言うと、ライルは続ける。

「でもな……」

その先は、わかっている。

レベル差だ。

比喩としての言い回しではなく、この世界にはレベルという確固たる概念がある。

レベルが上がればステータスが伸び、職業に合わせたスキルを身につけることができる。

だからこそ経験値を積んで、冒険者はしっかりとレベルを上げるのだ。

そしてレベルアップの速度には、多少の個体差があった。それは才能ということではなく、どちらかというと「職業」そのものに依存する。

この「職業」というのも、一般的な生業という意味ではなく、ロールプレイングゲームにあるような「クラス」のことだ。

現代日本の社会から転生してきた俺からすれば、この世界は容易にイメージできる、ゲーム的なファンタジー世界だった。

レベルがあり、ステータスがあり、魔法があり、モンスターがいる。

魔法のおかげか、歴史で勉強する中近世よりはかなり生きやすいが、現代日本と比べるとどうしても、技術的には劣っている。

ただ、退屈だった元の日常よりは、こちらで冒険をしているほうが楽しかった。

しかし、俺のそんな冒険者生活もここまでのようだ。

「今だって、レベル二十ちょっととは思えないくらい、グロムには実力がある。グロムは実際すごいと思うよ」

ライルはそう言ってくれるが、実際には彼らについていけているとは言いがたい。

なにせ、ライルをはじめとしたパーティーメンバーは、みんなレベル四十を超えているのだ。

倍近いレベル差は、そうそう埋められるものじゃない。

彼らとは初級冒険者のころから一緒だが、これはなにも、俺が冒険中にサボっていたとかいう訳ではなく、職業によるレベルの上がりやすさの問題だった。

ライルの「戦士」職だけでなく、他のメンバーはみんな、レベルの上がりやすい職業だ。

それに対して錬金術師は、成長がかなり遅いタイプだった。

だから一緒にクエストを受けていても、俺たちのレベル差はどんどん大きくなっていき、ステータスにも差が出てくる。

それでも、これまではなんとかやってきていた。

それは俺の職業である錬金術師が、低レベルでもとても強力だったおかげである。

この世界での職業というのは、極めて重要だ。

何ができて、どう生きられるか。

そのほとんどが、職業で決まると言っても過言ではない。

戦士がどう頑張っても魔法はほとんど使えないし、魔法使いが身体を鍛えても筋肉はつきにくい。この異世界は、そういうふうにできている。

人によって違うのだが、だいたい生涯で一つから三つほどが発現し、その職業を身につけることになる。

一つしかない者も珍しくはないが、たいていの人間には二つ発現するのが一般的だ。

三つ発現する人はそれだけでもちょっとレアな存在で、だいたい有能だった。

その新たな職業が——今こうして、俺がパーティーから外される原因になってしまった。

というのも最近、俺に二つ目の職業が発現したのだ。

そしてそれは、「遊び人」だった。

遊び人は、その名でイメージされるとおりで、あまり冒険の役に立つ職業ではない。

戦闘力はろくにないし、かといって迷宮で便利なスキルが使える訳でもない。

これに比べれば錬金術師はまだましで、一級の冒険者としては力不足でも、アイテムをクラフトしてパーティーに貢献することができる。だが、遊び人にはそういうスキルがない。

ランダムで大きな結果を生み出すスキルがあるので、いざというときに一発逆転を狙うことはできるというのが、唯一のウリだ。しかしそれはマイナスの結果もあってリスキーだし、冒険中においてはかえって危険を呼び込むケースのほうが多いと言われている。

これでは錬金術師の欠点を、まったく補うことができない。

例えば第二職業として戦士や重騎士が発現すれば、再び俺が、パーティーのエースとして返り咲く可能性もあった。

錬金術師と前衛職の組み合わせには、きっとこれまでにない有用性がある。みんなだって、それを期待していた空気はたしかにあった。

だが俺に発現したのは、役に立たない遊び人だ。これで、俺が今後のパーティーのお荷物になることは確定してしまった。

力不足が決定的になり……この状況というわけだ。

「この先、クエストはますます高難度になっていく。そこについてくるのは、グロムにとっても危険だろう。だから、パーティーを抜けてもらう」

「……そうか」

自分はまだやれる。そういう思いが俺にまるでないと言えば、嘘になる。

成長が遅い錬金術師だが、そのぶん新しいスキルで大きく伸びることも多い。

次のレベルになれば……その次のレベルになれば……まだ自分はやれるのではないか……そう信じたい部分が常にあった。

だが、そのレベルアップはいつなのか、という問題も事実だ。

これまでやってきた仲間から追放される。

そのことに思う部分は大きいものの、第二職業が遊び人であり、すぐには改善することができない以上、ライルの言うことに理がある。

「そうだな」

ここで粘ったところで無意味だ。

だから俺はうなずいて、パーティーを抜けることに同意したのだった。

●

せっかくの転生とはいえ、こんなものかな。

俺は街中をぼんやりと歩きながら、そう考える。

それにしても、この先どうするか。

幸い、今日明日ですぐに食うに困るようなことはない。

冒険者生活はそれなりに順調で、忙しさもあって使う時間がなかったため、当面の生活費くらいの貯蓄はあった。

少しなら、考える時間はあるだろう。

とはいえ……。

パーティーをクビになったばかりの俺は、考え事をする気力もなかった。

クエストでしばらく街を離れていたため、ここに帰ってくるのも久々だ。

テンションによっては街の賑やかさを堪能するのかもしれないが……今の俺には、それも難しいことだ。

そんなふうに無気力のまま歩いていると、当然声をかけられた。

「グロム、戻ってたんだ？」

その声に顔を上げると、そこにいたのはネブリナだった。

ゆるやかな茶色の髪を揺らしている彼女は、この街で商人をしているお姉さんだ。

整った風貌はけだるげな雰囲気をまとっており、一見すると商売に向いているような元気さはないものの、その実かなり有能らしい。

その能力で他の商人からも信頼を置かれていたり、大口のお得意様もいるようだ。

少しけだるげな様子はむしろ色気を感じさせる。快活な――極端にいえば肝っ玉ノリの多い商人たちのなかでは、彼女の落ちついた雰囲気は高級感を連想させるし、ミステリアスでもある。

本人は多分、それを狙っているわけではないだろうけれど。

そしてネブリナが人目を引く一番の理由は、そのきれいな顔と、とても大きなおっぱいだ。

彼女が動くたびにたぷんっと揺れる爆乳には、どうしても目を奪われてしまう。

俺はそんな魅惑の双丘から、目を上げて答える。

「ああ。クエストも終わったしな」

「またすぐに出かけるの？」

そう訪ねる彼女に、首を横に振った。

「いや、しばらくは街にいるつもりだ」

「そうなんだ。……それじゃ、ちょっと付き合わない？」

「ああ、かまわないよ」

彼女はこの街で、俺を評価してくれている数少ないひとりだ。

ネブリナと過ごすのは、いつだって楽しい。こんなときは特に、癒やされるかもしれない。

俺は誘われるまま、喫茶店へと向かった。


「そうなんだ、大変だったね」

パーティーをクビになったという俺の話を聞いて、彼女はやや間延びした調子で言った。

過度に暗くないそのもの言いは、今の俺にとって心地よかった。

「次にすることって決まってる？」

「いや、まだだな」

俺がそう答えると、彼女がぐいっと身を乗り出してきた。

きれいな顔が近づいてくることも驚きだが、そうして身を乗り出すと、たわわな胸元が無防備になってしまい目をひく。

彼女にしては珍しい前のめりな姿勢に驚きながら、その破壊力あるおっぱいに抗《あらが》いつつ、視線を戻した。

「それじゃ、あたしと一緒にお店をやらない？」

「店を？」

ネブリナは新進気鋭の商人ではあるが、まだ独立した店舗を構えてはいない。

まだまだ若い彼女の年齢を考えれば、それはおかしなことでも何でもなかった。

それが、店を出すという。親から引き継ぐでもなく、この若さで出店できるというのも、ネブリナの有能さを物語っていると思う。

「グロムは錬金術師でしょ？　あたしの商売とは相性がいいし、前から声をかけたいと思ってたの」

たしかに彼女は、レベルの上がりが遅く、パーティーに置いていかれはじめたころから、俺を心配してくれていた。それだけでなく、錬金術師としての俺に目をかけてもくれていた。

「グロムのアイディアは面白いしね」

それはただの現代知識なのだが、まあそれも俺の武器であることにはかわりない。

「だから、あたしと一緒にお店をやろうよ」

「……気にかけてくれるのか」

彼女は優しい。

だから、路頭に迷っている俺に、手を差し伸べてくれている。

「そんなんじゃないわよ」

しかし彼女は首を横に振った。

「そうね、グロムが納得してくれるなら、打算的な話もしましょうか」

そう言って、ネブリナは続ける。

「グロムの奇抜なアイディアと、それを実現できる錬金術は、とても相性がいいの。ほかにはない商品を生み出せるしね」

それはそうなのかもしれない。

俺には現代知識があるため、ここの人たちとは違う常識を持っている。

冒険者としても、それに助けられていた部分はあるし。

「それに、錬金術師は成長が遅いって言うけどね……。たしかに、冒険者のままでは大変なんだろうと思うけど、商売としてなら、じっくりと時間をかけることもできるじゃない？」

どんどんレベルを上げて、毎日強くなっていかないといけない冒険者。

クエストをこなすごとにギルドからの依頼難度は上がり、危険も増える。

成長できなければ、即、命にかかわってくるのだ。

「でも街で過ごすぶんには、お金や環境さえあれば、そう焦らなくても大丈夫だもの。その点も、あたしたちは相性いいと思うよ」

「たしかにな……」

武器に付与などができることもあり、冒険者としても役立つ職業だ。だが、街中で事前に魔法を付与した武器を売っても、同じような活躍はできる。

「でも、今の俺は、まだ商売のことを何も知らないからな」

俺は、いわゆる赤ん坊からやり直したパターンの転生ではない。

この世界に来たときは、ちょっと若返った程度だった。

だから冒険者になった理由の一つは、この世界の常識や空気に疎いから……ということもあった。冒険者ならば、モンスターを狩ることができれば、多少の無作法も許される。はぐれ者でも受け入れてくれる懐の広さが、ギルドや冒険仲間にはあったのだ。

そのまま冒険者暮らしをしてきたこともあり、そういった知識面では、俺が成長したとは言いがたい。今でもまだ、街では浮いてしまう行動をとることがある。

「そこは、あたしと組むから大丈夫だよ。グロムはどこか、辺境の出身なんだったよね。確かに、遠くから来た人がひとりで店を出すってなると、すぐには難しいとは思うけど」

そう言って、彼女は肩をすくめた。俺の過去の事情は、まだ彼女に話してはいない。

「商品の開発も心配いらないよ。実際にお店をはじめれば、グロムはきっと、今よりもっと求められる商品を開発できる。あたしのことは気にしないで。人材への投資も商人の仕事だもの」

「なるほどな……」

そうやって理由を並べられると、ちゃんと彼女にもメリットがあり、同情だけで声をかけているわけではない、というのがわかった。

「それに、ね」

その上で、彼女は続ける。

「困ってる仲間を助けるのに、理由なんている？」

「たしかに」

うなずいて、俺は言葉を続けた。

「ありがとう」

パーティーをクビになって、行き場のなかった俺。

だがネブリナはこうして声をかけてくれて、俺を仲間だと言って必要としてくれている。

その期待には、応えたいと思った。

「グロムなら、おねーさんにいくらでも甘えてくれていいんだから♪」

そう言って笑みを浮かべるネブリナは、とても色っぽく、きれいだった。

思わず見とれてしまったほどだ。

こうして、俺は彼女の立ち上げる店に拾われることになったのだった。

冒険者とは違う、新しい生活の始まりだ。

●

そんなわけで、まずは錬金術で使う材料集めとして、採取に出かけることになった。

前衛職ではない錬金術師がひとりで冒険をするのは無謀だが、近場での採取くらいなら問題はない。

第二職業が遊び人である俺は、実質的には錬金術師しか職業がないようなものだが、このぐらいなら充分にこなせる。

「それに後衛だったたっていっても、グロムはちゃんとした冒険者だもの」

レベルが上がらず追い出されたわけだが、それでも街の周辺での推奨レベルくらいは大幅に超えている。この辺りのモンスター程度が相手なら、それこそ、棒で殴っても戦闘が成立するくらいの実力はある。

一緒に歩くネブリナは、職業が「商人」なので戦闘力は特にない。だが、何かあったときに彼女を護るくらいは俺でも可能だ。

そんなわけで俺たちは、一緒に採集に出かけているのだった。

「おっと」

その道中で、出てきたモンスターを軽く切り伏せる。

すると、遊び人としてのレベルが上がったようだった。

「やっぱり、こっちはレベルアップが早いんだな……」

これまで錬金術師のほうは、さんざんやってもなかなか上がらなかった。

まだレベル一だったこともあるのだろうが、遊び人のほうはあっさりとレベルアップし、複雑な気分になる。

とはいえ、レベルが上がったことで、新たなスキルが習得できる。

身につけるスキルは職業によって様々だ。

戦士なら戦闘系の攻撃スキルや、ステータスのボーナスなど。

魔法使いなら新たな呪文。

錬金術師の場合、付与のバリエーションや変化させられる物質の増加などである。

しかし遊び人の場合、得られるスキルはランダムだ。

本来なら高レベルの戦士が覚えるようなスキルをいきなり得られることも、あるにはある。

もし序盤でそれを得られれば、大活躍できるだろう。

しかしそんな活躍も、仲間が低レベルの間だけだ。

どれだけ強力なスキルでも、専門職でない遊び人の場合、十全に機能するとは言いがたい。

元の職業による必要ステータスの差もあるし、スキル自体に発生するボーナス値も違う。

そんなわけで、あえて言うなら、ランダムで天変地異まで起こると言われる特殊な魔法が、遊び人のスキルでは一番のアタリだと言われているが——。

仮に身につけたとしても、そんな危険な技を実際に使う気にはなれなかった。

などと思っていると、あまり期待していないながらも、スキルが俺に発現する。

結果は——。

「爆速レベルアップ？」

思わず、口に出してしまう。

聞いたことのないスキルだったからだ。

その効果は——まあ名前でわかるとおり、レベルアップの速度が異常に上がる、というものらしいな。

「大当たり、なんだろうなぁ……」

聞いたことないレアスキルであることに加え、レベルアップの短縮という、容易に想像できる恐るべき効果。どう考えても強力なスキル、なのだが……。

遊び人のレベルを爆速で上げたところで、なぁ。

もちろん、低いよりはいいけれど。

やはり錬金術師のように、一つレベルが上がっただけで目に見えて能力に変化がある……ということはなさそうだ。

一応、ステータスは多少あがったが……というところ。

まあでも、爆速とやらの具合によっては、希望が見えてきた……のかもしれない。

同じレベル同士では戦士職の相手にもならないだろうが、相手の倍とかまでレベルを伸ばしていけるとするなら、遊び人でも十分に冒険者としても通用しそうだ。

まあ、さすがにそれは無理だとしても、ランダムでのスキル取得をこまめに拾っていけば、それはそれで悪くないのかもしれない。技の多さが遊び人のウリだしな。

俺はもう、街で暮らすと決めたのだ。存外、遊び人の能力による便利スキルなどがあれば、お得なのかもしれない。

それも運次第、という感じなのだけれど。

とりあえず幸先は良さそうだ。

「レベルが上がったの？」

俺の様子を見て、ネブリナが尋ねる。

「ああ。遊び人のほうだけどな。ま、錬金術のほうも、のんびりとレベルを上げられれば、もっといろいろ作れるようになっていくさ」

「そうだね。慌てずにいこう。今のグロムだってもう、いろんなアイテムを作れるし、仕事はたくさんあるんだからね♪」

「お手柔らかに」

そう言って、俺たちは笑い合った。

こうして仲間と楽しく笑うのなんて、いつぶりだろう。

最後のほうは、パーティーについていくために、身体を鍛えてばかりいたからな。

それでもレベル差は開いていくばかりで……いや、もういいんだ。

終わったことは置いておいて、ネブリナのくれた今を楽しもう。

良くも悪くも——今の俺にとっては嬉しいことに——ネブリナは同情ではなく、仕事のパートナーとして拾ってくれたようだし。

俺の技をどう金にしていくかはネブリナが考えてくれる。

それに応えて、しっかりと錬金術を使っていくのが俺の仕事だ。

俺たちは予定の材料を集めると、足早に街へと戻るのだった。

●

街へ戻ると、店内に材料をしまい込みながら話をする。

たわいない世間話のなかで、急にネブリナが言い出した。

「グロムって、恋人はいるの？」

首をかしげながら尋ねてくる。

「いないな」

俺は素直にそう答えた。

「そうなんだ」

彼女は小さくうなずく。

この世界では冒険者をはじめ、それなりに人が死にやすいこともあり、一夫多妻も普通になっている。その反面、生きること、仕事に打ち込むためなどで忙しく、色恋と無縁というパターンも多い。特に、ここぐらいの街だとその傾向が強いな。

人の出入りが少ない田舎でなら、しがらみもあって、その中でいろいろと縁談も進んでいく。

しかしこのように大きな街だと、あまり人のライフスタイルには干渉しないからな。

なにかで結果を出すため、商売で一旗揚げるために街へ出てくると、そういったことにかまけている時間はなくなる。

単純な話、他人が遊んでいる時間や、酒を飲んでいる時間。そういっただらけている時間も、訓練や勉強にあてれば、結果は出しやすくなる。

少なくとも実力は上がっていくだろう。

俺はレベルが上がりにくく、パーティーに追いつくのに必死だったため、あまりこの世界を楽しんではこなかった。

でも、これからはのんびりもできるのだし、そういうことを考えてもいいのかもな。

そんなふうに思うのだった。

「じゃあ、あたしが家に遊びに行ってもいい？　ほら、これからは一緒にいる時間が増えるし、そういうのは先に確認しておいたほうが、いいかなって」

「なるほどな」

俺はうなずいた。

まあ、ネブリナが単に、俺の非リアを煽《あお》ってくるなんてことはないと思っていたので、理由があるとはわかっていたが。

「そういうネブリナは？」

彼女は美人だし、色気もあって人気者だ。

きっと、モテるだろう。

いや、これだけ美人だと、逆にひとりぐらい男が増えても問題ないのかな？

「あたし？　いないよ。ほら、お店を持つために頑張ってる途中だったしね……」

しかし、彼女はちょっと早口にそう答える。

「あの、あたしに魅力がないとかじゃないから……多分」

「いや、それはわかってる」

ネブリナに特定の相手がいないというのは、その美しさや人気を考えれば意外だった。だが、のんびりした気質に反して、かなりの頑張り屋な彼女のことを知っていれば、それはそれでおかしくないという気もした。

「でも、それならこれでやっと、少し落ちつけるんだな。念願の店ができたわけだし」

「そうね」

彼女はうなずいた。

店を維持するのだってもちろん大変だが、どちらかといえば、それはもう長期戦だ。

短期間で無理をして稼ぐ――というスタイルは、卒業ということだろう。

そんなわけで店を出て、俺の家に向かった。まずは軽く話し合いだ。

これから一緒に店をやっていく仲間ということで、お互いのことをもっと知っておこうというわけだ。

元々、ネブリナとは話す機会もけっこうあったのだが、こうしてがっつりというのは珍しい。

そうこうしているうちに、すっかり夜になってしまった。

自宅まで送っていこうか……と思ったところで、ネブリナが上目遣いにこちらを見た。

「ねえ、このまま、泊まっていってもいい？」

「……ああ」

彼女を見つめながら、俺はうなずいた。

部屋にふたりきり……あらためて意識すると、ドキドキとした。

ネブリナはいつもけだるげだが、それ故にとても色気のある美女だ。

そんな彼女とふたりきり……。

夜ということもあってか、少し緩やかに動く彼女は、色っぽさが増しているようにも思った。

「シャワー、借りていい？」

「ああ、もちろん」

うなずきながら、俺の期待は膨らんでいった。

経験がなくてもわかるくらい、これはそういう流れだろう。

俺はそわそわとしながら、彼女を待ったのだった。

交代し、俺自身もシャワーを浴びて戻ると、バスローブ姿の彼女はベッドで待っていた。

「これから、いろんな意味でパートナーになれるといいな、って」

「ああ……」

俺は緊張しながらうなずいた。

バスローブ姿の彼女は、いつも以上に色っぽい。

隙間から見える魅力的な肢体も、風呂上がりで上気した肌や、少し濡れているところも、何もかもが欲情を煽ってくる。

「ね、グロム……」

彼女は、俺の身体に優しく触れてきた。

そしてその手が、こちらの胸へと伸びる。

「ドキドキしてるね」

「ああ。ネブリナが魅力的だからな」

少し余裕ぶってそう口にしたものの、やはり興奮はまったく収まらない。

「ありがと♪」

照れたように言った彼女が、そのまま俺の服に手をかけてきた。

「うっ……」

彼女に脱がされていると思うと、それだけで高まってしまう。

街一番とも思える美貌のお姉さんが迫ってきているのだから、当然ともいえた。

「グロム、わっ……」

俺を脱がした彼女が、肉竿へと目を向ける。

すでに期待で張り詰めているそれを見て、驚いているようだった。

「ん、こんなに大きく……なるんだ……」

ネブリナにじっと見られていると思うと、恥ずかしさとともに興奮してくる。

美貌の彼女が、俺のチンポに顔を寄せているのだ。

「それじゃ、触るね」

「ああ……」

そう言うと、ネブリナは肉竿をそっと握った。

「わっ、熱い……」

女性らしい細い指が、肉棒をつかんでいる。

「それに、硬くて……んっ……」

にぎにぎと、確かめるように触られている。

少しぎこちない感じの動きが、逆に気持ちよかった。

「……男の人のこれって、こんなふうなんだ……」

ネブリナがぼそりとつぶやいた。

「ネブリナ……」

少し意外に思いつつも、やっぱり彼女はこういった経験がないのか、と感じる。

そんな俺の視線を受けると、恥ずかしそうに肉竿をしごき始めた。

「だ、大丈夫だから。お姉さんに任せないっ♪　このおちんぽ、ちゃんと気持ちよくして、いっぱいぴゅっぴゅさせちゃうんだから」

「うっ……」

そう言いながら肉棒をこすっていくネブリナ。

その動きは言葉ほど慣れたものではなかったが、射精させるために男のチンポをしごいてくれているという状況に、とても興奮した。

「ん、しょっ……」

見た目は色気のあるお姉さん……そんな彼女が、つたない手コキをするというのも、それはそれでものすごくエロい。

「おちんちん、こんなにガチガチで……んっ……」

しなやかな手が肉竿をしごいていく。俺はそんなネブリナにされるがままだった。

「ん、ふぅっ……」

彼女はそのまま、緩やかな手コキを続けていく。

「気持ちいい？」

上目遣いで、自信なげに尋ねてくる。

「ああ……」

俺はというと、ドギマギしながらうなずいていた。

少し潤んだ上目遣いの彼女は、いつも以上に破壊力がある。

バスローブで胸元も緩く、柔らかそうな生乳がのぞいているのもすごい。

「ん、しょっ……」

彼女が手を動かすのに合わせて、その爆乳も揺れる。

その光景はとても眼福だった。

「あふっ……すごいね、これ……」

ネブリナはうっとりとしながら、そのまま肉棒をしごいていった。

「ここが……気持ちいいんだよね？」

「う、あぁ……」

彼女は裏筋を責めるようにこすってきた。

「あとは、この先っぽとか……」

そして亀頭を優しくなでてくる。経験はないみたいだが、知識はあるらしい。

そんな彼女が、いろいろと試すように肉竿をいじっていった。

「ん、こんなに張り詰めて、血管も浮き出て……♥　先っぽから、透明なおつゆがあふれてきちゃってる♥」

ネブリナは、そのまま肉竿をしごき続ける。

「あふっ……これって、そろそろイキそうなの？　おちんちんからえっちなお汁がいっぱい出てきて、あたしの手、ぬるぬるになっちゃってる♪」

「ああ……もう出そうだ」

俺が言うと、彼女は妖艶な笑みを浮かべた。

「そうなんだ♪　じゃあ、グロムが射精するところ、見せて？」

そう言って、手コキのスピードを上げてくるネブリナ。

俺はそのまま、快感に身を任せていった。

「う、出るっ……！」

そしてそのまま、射精する。

「ひゃうっ♥　すごい……おちんちん跳ねながら、いっぱい出てる……♥」

彼女は俺の射精を、興味深そうにじっと眺めていた。

バスローブがエロくはだけた美女の姿と、その手コキによる射精で、俺も気持ちよく出していく。

「こんなにたくさん出るんだ……♥」

そしてネブリナは、興奮した様子でペニスを見つめる。

「ね、これ……まだ頑張れるよね？」

そう言いながら、肉棒を刺激してくる。

「こんなの見せられたら、あたしも、んっ……」

そしてついに、バスローブを脱ぎ捨てた。

「おお……」

俺は思わず声を出して、見とれてしまう。

豊満なネブリナの全裸、艶やかなその姿。

とくに目を引くのは、やはりその爆乳だ。

隠すもののなくなったおっぱいが、たゆんっと揺れている。

「ん、やっぱり恥ずかしいね……でも……」

恥じらいを見せつつも、彼女は興奮しているようだった。

俺はそんな彼女に手を伸ばし、抱き寄せる。

「あんっ……♥」

むちっとしつつも細い身体と、圧倒的な存在感を放つおっぱい。

まずはその胸へと手を伸ばしていく。

「ん、あぁっ……！」

むにゅりと、その双丘は手を受け止めて変形する。

柔らかなおっぱいに、俺も思わずつばを飲んだ。

そしてそのまま、憧れだった爆乳を堪能していく。

「んぁっ……グロムの手、大きいね」

「それでも、ネブリナのおっぱいは全然収まりきらないけどな」

「あふっ……あんっ」

言いながら、爆乳を揉んでいった。

むにゅむにゅと柔らかさを楽しんでいると、その頂点で乳首が立ち上がっているのがわかる。

俺は、愛らしい乳首を指先でいじっていった。

「あんっ♥　あ、んぅっ……」

ネブリナはぴくりと敏感に反応したが、俺はそのままいじっていく。

「あふっ、ん、あっ♥　ああっ……！」

くりくりと乳首をいじり回し、彼女の嬌声を聞いて楽しむ。

「あぁっ、ん、ふぅっ……」

普段は、けだるげながら落ち着いた様子のお姉さんであるネブリナ。

そんな彼女が、はしたない声を上げて女の顔を見せている様子は、俺を滾《たぎ》らせていく。

「あっ、だめぇっ……♥　ん、はぁ、あぁっ……！」

あえぎ声を聞きながら、ますます爆乳を堪能していく。

ぷっくりと膨らんだ乳首をいじり、刺激していくと、彼女の反応がさらに大きくなっていった。

「んぁっ、あっ、だめぇっ……あたし、ん、あふっ、胸だけで、イっちゃ……んぁ、あっ、あぁぁっ……！」

身体をビクンと跳ねさせながら、ネブリナは感じているようだった。

「あ、ん、はぁ……♥　あぁ……」

俺は一度手を離すと、すっかりと乱れた彼女を見つめる。

こんなエロい姿を見せられていれば、当然我慢できるはずもない。

そう思っていると、彼女は息を整えながら身を起こし、俺を押し倒してきた。

「ん、ふぅっ……。もう、ダメって言ったのにやんちゃなんだから♥　お姉さんに任せない。ん、しよっ……」

「おお……」

そして彼女は、俺の上に跨《また》がってくる。

ネブリナのようなエロい美女が、全裸で身体に乗ってくるというのは、ものすごく興奮する。

お姉さんとしてリードしようとしている姿には、妖艶さとかわいさが入り乱れていた。

普段は余裕のある美女が、背伸びをすることで幼さまでも醸し出しているのだ。

けれど当然、その身体は魅惑的な爆乳のドスケベボディーである。

そんなネブリナに抗《あらが》う術《すべ》など、俺にはなかった。

「ん、しょっ……あぁ♥　この、ガチガチで大きなおちんちんが、あたしの中に……ん、ほら、わかる？」

「ああ……入りそうだ……」

彼女はくちゅり……と、おまんこに肉棒をあてがっていた。

愛液が肉竿を濡らしていき、陰唇のむにっとした柔らかさを感じる。

「それじゃ、いくよ……ん、はぁ、あぁぁっ！」

そしてネブリナは、そのまま腰を下ろしていった。

「んぁっ、あ、すごいっ……！　あたしの中、ん、あ、ああっ……！」

湿った蜜壺が、徐々に肉棒を飲み込んでいく。

「あ、あぁ……♥　入って、きてるぅっ……♥」

狭い膣道が肉棒に押し広げられながら、キツく締めつけてくる。

その気持ちよさに肉竿が喜んだ。

「あっ♥　ん、太いのが、ぐいぐい押し広げて、ん、はぁ……♥」

そしてそのまま、腰を下ろしきった。

「あぁ……♥　すごい、ん、はぁ……おちんちん、本当に入っちゃった……」

俺のモノをおまんこに咥え込んで、ネブリナが吐息を漏らした。

そのエロい姿と、締めつけてくる膣襞《ちつひだ》の気持ちよさ。

一度出した後でなければ、すぐにでも漏らしてしまいそうなほどだ。

「んぁ……ふぅ、ん、どう？　あたしの中、気持ちいい？」

「ああ……すごくいい……」

「ふふっ♥」

ネブリナは妖艶な笑みを浮かべながら、こちらを見下ろした。

最初は受け入れるのに精一杯だった様子の彼女だが、少しずつ余裕が出てきたらしい。

「それじゃ、んっ、動くわね……」

「ああ……」

ネブリナはゆっくりと腰を動かしていく。

「あふっ、ん、あぁ……♥　ん、くぅ、んっ！」

俺の上で身体をくねらせると、その動きに合わせて肉棒が膣道にしごかれていった。

膣襞がまとわりつき、ねっとりと肉竿を擦り上げる。

その気持ちよさに浸りながら見上げると、彼女の大きなおっぱいが柔らかそうに揺れていた。

「あふっ、ん、はぁ、あぁっ……」

嬌声を上げていく彼女の、その揺れる胸へと手をのばした。

「あんっ♥　あっ、んっ……」

下から持ち上げるように、そのおっぱいを揉んでいく。

「あふっ、ん、あぁっ……」

すると彼女も反応し、おまんこもきゅっと締まった。

そのままむにゅむにゅとおっぱいを揉みながら、彼女の腰ふりを受けていく。

「あぁっ♥　ん、ふぅ、んあっ……！」

ネブリナも盛り上がっていくのに合わせて、だんだんと動きも激しくなっていく。

「あふっ、ん、すごい、ん、あぁ……♥」

なまめかしい声を上げながら、腰を動かし続けていった。

「あぁっ♥　ん、はぁ……もっと、大きく動くね？」

「ああ」

俺はうなずくと、一度胸から手を離した。

そしてネブリナは、これまで以上に激しく腰を振っていく。

「んはぁっ♥　あっ、んくぅっ！　あ、あああっ……！」

俺の上で大きく腰を動かしていくネブリナ。

ピストンに合わせて、爆乳も弾んでいく。

そのエロすぎる光景と、しっかりとチンポを咥え込んで刺激してくるおまんこ。

「あふっ、ん、あっ、あぁっ……あたし、もう、んうぅっ……！」

そして乱れていくネブリナ。俺のほうも、もう限界だった。

「あっあっ♥　もう、ん、はぁっ……だめっ、あたし、ん、あぁっ……！」

「俺も、もう出そうだ！」

「きてっ、このまま、ん、はぁっ……♥」

すっかりと乱れているネブリナが、ラストスパートで腰を振っていく。

俺もそれに合わせて腰を突き上げていった。

「んはぁぁあっ！　あっ、あぁっ……♥　グロムのおちんぽ、ズンッってきたぁっ♥」

予想外の突き上げだったのか、おまんこがきゅんきゅん締まっていく。

「んはぁっ、あっあっ♥　もう、だめっ、イクッ！　あっあっ♥　イクイクッ！　イックウゥゥウッ！」

「ぐっ、出るっ！」

彼女が絶頂し、膣道がぎゅっと締まる。

その絶頂締めつけに促されるまま、俺も射精した。

「んはぁぁぁっ♥　あっ、あぁっ……すごいのぉ……♥　熱いのが、あたしの中で、びゅるびゅるでてるぅっ……♥」

「う、あぁ……」

勢いよく飛び出した精液を、彼女の中にしっかりと注いでいく。

うねる膣襞は肉棒に吸いつき、余さずに精液を搾り取っていった。

「あふっ……♥　ん、あぁ……」

中出しを受けた彼女は、そのままぐったりと力を抜いていく。

俺はそんなネブリナを抱き上げて、ベッドへと寝かせたのだった。

俺の隣で、裸のまま横になっているネブリナ。

行為の後の火照った姿は、とてもなまめかしい。そんな彼女と身体を重ね、中出しまでしたのだ。

俺は、大きな満足感と幸福感に満たされていたのだった。

●

そうしてネブリナと親しくなった俺は、店の準備として今日も素材を集めていた。

レアスキルであっても、しょせんは遊び人。持て余してしまうのだろう……そう思っていた爆速レベルアップだが、実際にはなんと錬金術師のほうにも適応されていたのだった。

遊び人と比べ、錬金術師のレベルは格段に上がりにくい。

素材集めでは低レベルなモンスターしか倒していなかったので、すぐにはそれに気付かなかったのだが、これはすごいことだ。

そこで少し予定を変えてモンスター狩りを行うと、これまでの苦労が嘘のように錬金術師のレベルも上がっていったのだった。

錬金術師はレベルが上がることで、付与できる物の種類や、作ることができるアイテムなどが増えていく傾向にある。

そのため、俺のレベルアップがそのまま、店に並べられる商品のバリエーションに直結するのだ。

さらに、錬金の精度にも補正がかかるようになるので、例えば混合物から何かを取り出すときなどにも役立ってくれるようだ。

鉄や金などの純度にこだわるときに、とても便利だ。

それがとくに結果に現れるのが、電化製品だろう。

俺の場合は、元々の現代知識によって電化製品の存在を知っている。

しかしそれを再現するには、これまでのレベルではしっかりと仕組みを理解した上で、ひとつひとつの部品ごとに生成し、正確に組み立てる必要があった。

しかし上位レベルの錬金術になると、想像した機能や効果を持つ機器を、直接出力することができるようになっていくらしい。

レベルが上がるごとに、より複雑なものも生成できるようになっていき――爆速レベルアップのおかげで、俺の錬金術師として能力は、この世界の歴史上でも類《るい》を見ないほどになっていた。

極めてレベルが上がりにくい職業のため、戦士職などに比べて、ハイレベルの錬金術師にたどりつく者が少ないのだ。

結果的に俺は、工房で次々と新しいアイテムを生み出すことに成功する。

そしてそれを、ネブリナが確実に売り込んでいった。

この世界では珍しい物だということもあって、俺の製品はどんどん評判になっていく。

店は信じられないほど繁盛し、順調に軌道に乗っているのだった。

こうして俺は、冒険者時代とはまったく違う、充実した日々を送っていた。


そうして夜になれば、ネブリナが毎晩のように部屋を訪れてくれる。

彼女のような美女と一緒にいられるのも、かつてでは考えられなかったことだ。

薄暗い部屋の中、俺は彼女の身体へと手を伸ばす。

「ん……」

小さく声を出しながら、自分の身体をなでる俺の手の上に、ネブリナも自らの手を重ねていった。

俺よりずっと小さく、しなやかな手。

その女性らしい手を感じながら、魅惑的な身体をなでていく。

細いくびれから、広がるお尻へと手を動かした。

「んんっ……」

柔らかな唇にキスをしながら、さらに身体に触れていく。

「ちゅっ……♥　んっ、んむっ、ちゅっ……」

そして舌を伸ばすと、絡めていった。

「んむっ……ふぅ、グロム……ちゅっ、れろっ♥」

彼女もそれに応えるように、舌を必死に動かしてきた。

「れろっ……ん、ちゅぷっ……♥」

甘く、深いキスをしながら、服に手をかけていく。

「あんっ♥　んっ……」

ネブリナは吐息混じりの声を漏らしつつ、俺に素直に脱がされていく。

「ふぅ、んっ……」

たゆんっと揺れながら、魅惑的な爆乳おっぱいが現れる。

スタイルのいい彼女の中で、ひときわ目を引く大きな膨らみだ。

「あぁっ……♥　んっ……」

そのたわわな果実へと手を伸ばし、揉んでいく。

「んっ♥　グロムの手、やっぱり大きいね……」

「そうかな」

先ほど触れていた彼女の手からすれば、やはり大きいのだろう。

「あふっ、んっ……」

俺はそのまま、そのあふれんばかりの双丘を揉んでいく。

「んんっ……ふぅっ……♥」

むにゅむにゅと俺の手でかたちを変えていくおっぱい。

指の隙間から乳肉がはみ出している光景も、とてもいやらしい。

「あぁっ……♥　ん、ふぅっ……」

彼女のなまめかしい声が、耳をくすぐる。

俺はその豊かな胸を、こね回すようにして揉んでいった。

「あんっ……はぁ、んっ……」

そのまま彼女を、優しくベッドへと誘導していく。

「ん、ちゅっ……♥」

腰掛けるようにしたネブリナにキスを続けながら、そっと押し倒した。

「あふっ……」

口を離して、仰向けになった彼女を眺める。潤んだ瞳が俺を見ていた。

「グロム、ん……」

きれいなお姉さんの、艶やかな表情。

それは俺の欲情を、ますますかきたてる。これほどの美女が、夜のベッドで俺に好意的な視線を向けている。

俺はその胸へと、飛び込むように顔を埋めていった。

「あん♥　ん、ふぅっ……」

ネブリナが気持ちよさそうに声を上げた。仰向けになってもその存在感をまったく失わない、爆乳おっぱい。柔らかで包容力にあふれるのその乳房を、顔で感じながら揉んでいく。

「んぅっ♥　あぁあ……そんな甘えるみたいに、んっ、ぎゅー♪」

彼女は俺を抱きしめるように力を込めた。おっぱいにより深く顔を埋めるかたちになる。

「ん、ふぅっ……」

柔らかな感触に包まれながら、乳房と体臭を堪能していく。

「はぁ……んっ、ふっ、息、荒くなってるわよっ、んっ……おっぱいにそんなに息を吹きかけられると、ん、はぁっ……♥」

彼女が甘い声を漏らしながら、その爆乳をさらに押しつけてくる。

幸せな息苦しさを感じながら、俺も胸の谷間を楽しんでいた。

しばらくそうして、おっぱいに顔を埋めながらの愛撫を続けていく。

ずっとこのままでも幸せなほど気持ちがいいが、欲望はさらなる快楽を求めている。

俺は胸から顔を上げると、さらに下へと向かっていく。

「あんっ、ん、はぁっ……そこ、あぁ……」

彼女の服に手をかけて、脱がせていった。

するすると服を脱がせていくと、すぐに魅惑的な肢体が現れる。

俺は最後の一枚、彼女のショーツへと手をかけた。

「んっ……」

それをゆっくりと下ろしていくと、クロッチの部分がいやらしい糸を引いた。

「あぁ……ん……」

雌《めす》のフェロモンがむわっと香ってくる。それが本能を刺激して、俺を昂ぶらせた。

「グロム、ん、ふぅっ……」

その敏感な割れ目へと、そっと指を這わせていく。

「んぁ、ふぅっ、ん、あぁっ……」

彼女は声を上げながら、指での快感を受けとっている。

「あぁ、ん、ふぅっ……」

俺はくちゅくちゅと音を立てつつ、陰裂をなで上げていく。

「あぁ、そこ、ん、ふぅっ……」

軽く押し開くと、愛液がすぐにあふれ出てくる。そのぬかるんだ内側へと、軽く指を侵入させた。

「んんっ！　あっ、ふぅっ……」

陰唇が指に吸いついてくるようだ。うねるその柔肉を、なで上げるようにいじっていった。

「あふ、ん、はぁ……♥」

熱を帯び始める嬌声を聞きながら、おまんこを丹念にいじっていく。

「あうっ、そんなに、くちゅくちゅしちゃっ♥　あぁ……」

ますます嬌声を上げて感じていくネブリナ。俺はそれを楽しみながら、さらに愛撫を続けた。

「んぁっ！　あ、あふっ、グロムの指、気持ちいい……♥　あぁ……」

「それはよかった」

くちゅくちゅとおまんこをいじった指は、その愛液ですっかりふやけている。

「あっ、ん、ふぅっ……」

「それならもっと感じてくれ。ほら、ここも触ってほしそうにしてる」

「んはぁっ！」

陰裂の上で、ぷくりと膨らんだクリトリスをいじると、ネブリナはびくんと身体を跳ねさせて感じていった。

「あっ♥　ん、はぁっ、そこ、あぁっ……」

「敏感なんだな」

もっとも感じやすい淫芽をいじると、彼女がかわいらしく喘いでいく。

「あっ、ん、はぁっ……♥　あぅっ、ん、くぅっ……あぁ……クリトリス、だめぇっ……ん、気持ちよすぎて、あぁっ……！」

俺はその敏感な突起を、指先でいじり回した。軽く押したり、撫でたり、擦ったり……。

そのたびに、彼女は声を上げて反応している。

「んはぁっ！　あっ、ん、くぅっ……！」

くちゅくちゅといじりながら、少しでも気持ち良さそうな触れ方を探る。

「んはぁっ♥　あ、だめっ、そこ、んっ……」

嬌声と、あふれる愛液。俺の手でこんなにも乱れているのだと思うと、興奮してくる。

「あふっ、ん、ぁっ……クリトリス、いじられて……んぁ、あっ、あふっ、もうっ、イっちゃう、んぁ……♥」

「ああ、このままイッてくれ」

俺は陰核をいじりながら、膣穴のほうも刺激していく。

「んはぁっ♥っ、だめっ、ん、ふぅっ、そんなにされたらぁっ♥　あっ、ん、いかされちゃうっ♥ん、はぁっ……！」

くちゅくちゅとおまんこをいじり、彼女を昂ぶらせる。

「あっあっ♥　ん、はあっ……。んうぅっ、ふぅ、ん、あぁっ……！　あくっ、ん、はぁっ、あっあぁっ！」

乱れるネブリナのおまんこが、ひくひくとエロく震えはじめた。

「あぁっ♥　イクッ！　あっ、ん、んううぅぅぅっ」

ぷしゅっと潮を吹くようにしながら、ネブリナがついに絶頂した。

「あぁっ♥　ん、はぁ、んうぅっ……」

そうしてうっとりと声を漏らしつつ、いやらしい蜜をあふれさせるおまんこを、じっと眺める。

「ふぅ、ん、はぁ……」

ひくつくそこは、快楽の余韻に浸っているネブリナとは異なり、まだまださらなる快感を求めているようでもあった。

どちらにせよ、こんな淫らな姿を見せられては、俺がもう我慢できない。

俺は身体をずらし、猛る肉棒を彼女へと向ける。

「あっ……♥」

彼女が期待のまなざしを向けたので、俺はその膣口に、さっそく肉棒をあてがった。

「ん、ふぅっ……♥」

そしてそのまま、焦らさず腰を進めていく。

「あっ、んんっ……♥　おちんぽ、入ってきてるぅっ……♥」

膣襞をかき分けて、肉棒がずぶりと飲み込まれていく。熱くうねる膣襞の歓待が気持ちいい。

「あぁっ♥　んっ……ん、ふぅ、んっ、あぁっ……♥」

俺はそのまま腰を動かし始め、ゆっくりと膣内を往復していく。

「あぁっ♥　ん、ふぅ、あうっ……」

蠕動する膣襞を往復しながら、粘膜を擦り合わせていった。

「あぁっ♥　ん、はぁ、んうっ……」

嬌声を上げる彼女見て、腰を加減せずに動かしていく。

「あぁっ、ん、はぁっ……あぅっ……」

正常位でのピストンは、より強く、女性を抱いているという実感がある。

「あぁっ♥　ん、あふっ、あぁ……」

雄《おす》としての欲望が膨らみ、腰を止めることなく振っていった。

「あふっ♥　ん、あぁ……イッたばかりのおまんこ、なのに……んっ……もう硬いおちんぽで擦られて……んはぁっ、あぁぁぁっ！」

ネブリナが身もだえるが、俺はそのまま抽送を続けた。

「あぁ……♥　ん、はぁ……」

彼女はどんどん乱れていく。

「んふっ、あっ、あぁっ……」

膣内を往復すると、その襞が気持ちよく締めつけてきた。

「あぁっ♥　ん、はぁ、んうぅっ……」

蠕動する膣襞を擦り上げながら、強く、ピストンを行っていく。

「あふっ、ん、はぁっ……硬いの、奥までズンズンきて、ん、はぁっ……あぁっ♥」

ネブリナも気持ち良さに流され、嬌声を上げ続ける。

「あふっ、ん、はぁっ、あああっ……」

俺はただ欲望のままに、腰を動かしていった。

「んくぅっ♥　あっ、はぁっ、ん、あぁっ……」

その気持ち良さで、どんどん高められていく。

「んぁっ、あっあっ♥　おまんこ、太いおちんぽにかき回されて、んぁ、あふぅっ、んくぅっ！」

仕事ではリードしてくれることの多い彼女が、完全に受け身で喘いでいる姿は、とても興奮した。

「あぁっ♥　ん、ふぅっ、んぁっ……」

快楽に乱れていく姿は、美しくてエロい。

「んはぁっ。あっあっ♥　ん、はぁっ、あぁっ……！」

その興奮に任せて、ひたすらに腰を振っていく。

「んぁ、あっ、ふぅっ、んはぁっ……」

彼女も際限なく声を上げ、身体を揺らしていった。

「あふっ、ん、あぁっ……♥　すごいの、あっ、ん、グロム、ん、あふっ、あぁっ……あたし、もう、んぁ、ああっ……！」

俺はさらに腰のペースを上げて、肉棒を送り込んでいく。

「んくぅっ♥　あっ、あぁっ……！　おちんぽ、奥までいっぱいきて、あっ、んはぁっ♥　もう、ん、あうっ……！」

「ぐっ、ネブリナ……」

乱れるのに合わせて、吸いつきを強めてくる膣襞。その気持ちよさで、俺の限界が近づいてくる。

「あぁ♥　あん、はぁっ……あうっ……」

「あ……そんなに締めつけられると……くっ」

「あぁっ♥　だって、ん、はぁっ……グロムのおちんぽが、あたしの中を広げてるからぁ……♥　ん、あぅっ、んぁっ」

擦れ合うお互いの粘膜が快感を膨れさせていき、それがさらに腰を進めさせる。

「あふっ、ん、あぁっ……あぁっ♥　もう、あっ、んくぅっ！」

秘穴に深く突き挿した肉竿の先端が、降りてきた子宮口に触れる。

「んぉっ♥　そこ、あたしの一番奥っ……！　おちんぽ、つんつんしちゃだめぇっ♥　んぁぁっ！」

「う、ぐっっ……入口までぜんぶ、すごい締めつけだ」

ポルチオで感じたネブリナの膣道がぎゅっと締まり、肉棒を捕らえる。

「んはぁっ♥　あっ、しゅご、ん、くぅっ！」

「そんなに締められるとっ……」

俺はぐっと力を込めて耐える。

うねる膣襞が肉棒を強く包み込み、精液を搾り取ろうとしてくる。

「あぁあっ♥　そこ、んぁ、あたしの中、いっぱい、あぁっ……！」

「ぐっ、あぁ……」

究極の締めつけで、すぐにでも出してしまいそうだ。

「あふっ、あっ、だめ、あたし、もう、ん、あぁっ……」

俺も深くストロークを行い、その子宮口を責めていく。

「んぁあぁっ！　あっ、あふっ！　奥は、だめぇっ♥　あ、んはぁっ！」

子宮口に肉棒でキスすると、クポりと先端を咥えこんでくる。

「んぁっ♥　あっ、あああっ……！　んふぅっ……♥」

美女の体奥を汚す欲望のまま、潤んだ膣内を往復していく。

「んはぁぁっ♥　あっあっ♥　もう、イクッ！　んぁっ、太いおちんぽに突かれて、あぁっ……おまんこイクッ！」

ネブリナが乱れ、ひときわ強く、あられもない声を上げた。

俺は高ぶりのまま、その蜜壺をかき回し続け、子宮口を突いていく。

「一番奥、だめだから……突かれて、イクッ！　んぁあっ！　気持ちよすぎて、んぁ、ああっ♥　イクッ！　イっちゃう……んはぁ、ああっ！」

「ぐ、俺も出そうだ……」

「きてぇっ……♥　あたしの中っ！　んぁ、奥に、グロムのせーえき、いっぱい出してぇ……！　あふっ、んぉっ♥」

「ああ、このままいくぞ！」

俺はラストスパートで、激しく腰を振っていった。

「んくううぅっ♥　あっあっ♥　すごいのぉっ、気持ちよすぎて、んぁ、もぅ、イクッ！　イクイクッ！　イックウウゥウゥッ！」

「ぐ、おお……！」

まず彼女が絶頂し、膣襞ぎゅっと締まる。その狭くなった秘穴を擦り、最後へと向かっていく。

「んぁっ♥　あっあっ♥　イってる、んうぅっ、イってるおまんこ、そんなに突かれたらぁっ……気持ちよすぎて、んくぅっ！」

精液をねだってうねる膣襞。その気持ち良さに、俺は限界を迎える。

「あぁっ♥　んはぁっ、ん、くぅっ♥　あふ、んぁ……」

「出すぞ、ぐっ……！」

びゅるるっ、びゅくっ、びゅんっ！　と、俺はその膣内に射精した。

「んはぁぁぁっ♥」

絶頂後のおまんこに中出しをされて、ネブリナが歓喜の声を上げた。

「あぁっ♥　熱いの、あっ、ドロドロのせーえき、あたしの中に、んはぁっ！　びゅくびゅく出てるぅっ……♥」

震えながら絡みついてくる膣内に、しっかりと精液を注いでいく。

「あぁ……♥　あ、あはぁ……あぅ……♥」

中出しを受けて、彼女は何度もうっとりとした声を漏らした。

俺は最後まで射精を終えると、肉棒を引き抜いていく。

「ん、あふっ……」

引き抜くときにも襞がこすれ、彼女が甘い声を漏らす。そんな行為後の乱れた姿のまま、息を整えるネブリナを見つめる。

「ん、ふぅっ……あぁ……」

とても艶《なま》めかしい。これほどの美女に中出しをしたのだと思うと、満足感が湧き上がってくる。

「あんっ……♥」

俺は隣に寝転び、彼女を抱きしめた。火照った身体の柔らかさを感じる。

出したばかりということもあって、興奮以上に安心感を覚えた。

「グロム……んっ……」

彼女も、俺を抱き返してくれる。

「いっぱい出されて、おなかの中、熱いくらい……ちゅっ♥」

そう言いながら、彼女がキスをしてくる。

唇がが触れ合うだけのキスは、気持ち良さより満足感を与えてくれる。

「ん、ちゅっ……」

そのまま、何度か軽くキスをしながら、俺たちは抱き合っていた。

「グロム、大好き♥」

「ああ、俺もだ」

そう言いながら、静かに互いの体温を混ぜ合わせていく。

しばらくそうして、緩やかに抱き合っていたのだった。

第二章　教会の少女

「何卒、よろしくお願いいたしますね」

「ええ。こちらこそ、いつもご贔屓《ひいき》にしてくださって、ありがとうございます」

工房での作業を終えて店にアイテムを運び込んでくると、ちょうど貴族の使いの人が店に来ているところのようだった。

ハイレベルな錬金術師だということと、現代知識による家電の再現などで、ここにしかない物が多い。そのため、いつの間にかこうして貴族にも話が伝わり、店は繁盛しているのだった。

さすがに、貴族本人がこうした庶民の店に赴くことはないが、使いの者がこうして頭を下げに来る、というだけでもすごい状態なのだ。

元々やり手の商人であり、そういった上流階級とも接点のあったネブリナが、うまく対応してくれることも人気の理由だろう。

「ああ、グロム様も、今後ともよろしくお願いいたします」

「こちらこそ、よろしくお願いします」

使いの人は、工房から店に出て来た俺を見つけると、こちらにも丁寧に頭を下げてくれる。

ついこの前までは、ただの冒険者だった。

貴族に仕えているような人からすれば、目に入れる必要すらない存在だ。

それが今では、こうして向こうが頭を下げて、丁寧に対応してくれるようになっているのだ。

そう思えば、ずいぶんと環境が変わったものだ。

帰っていく使用人を見送ると、再び商品を運び込んでいく。

貴族は皆、大がかりで高価な、オーダーメイドの魔道具を注文することが多い。

それもあって、冒険者時代より格段に儲かってもいた。

急速に拡大していくお店にも、ネブリナは器用に対応している。

貴族からの重要な注文に応え、ここだけのオリジナル商品が出せるということで、今ではこの街でもトップクラスの人気店になっているのだった。

それでも庶民にも平等に門戸を開いているから、その意味でも住民の受けがいい。

まだ新しい店なので、老舗からは格式の面では下に見られることもあるが、その実力は間違いなく上位なのだった。

「ついこの間までは、しがない冒険者だったのに、ずいぶん変わったなぁ……」

「あたしもよ。こんなふうに貴族家とやりとりするのが普通になるなんて、想像もしていなかったもの」

ネブリナの答えに、俺はうなずいた。

俺とは違い、最初から商人としての評価を得ていたネブリナだが、それは平民を相手にする商人界隈でのことで、貴族相手となるとまったく別らしい。

基本的に貴族と取引ができるのは、古くて地位のある商人が多い。

高級品が多いから、商人の身元がはっきりしているっていう安心感もあるしな。

そんな中に新人の商人が割って入るのは、よほどの何かがあるときだ。

自分たちがそんな状態にあるというのは、なんだか現実感のない話ではあった。

「たしかにね。まあ、それだけ急激に成長しすぎたせいで、教会から人が送られてくるくらいだしね……」

「ああ、そうだな」

俺たちは急成長を遂げ、こうして貴族に気に入られた。

ハイレベルな錬金術だけでも貴重な上に、隠してはいるが現代知識というチートも加わって、とても注目を集めている。

俺が錬金術で再現した家電は貴族にも喜ばれ、手放せないものとなっていった。

その結果として——教会が、この店へと人をよこすことになったのだった。

派遣の名目は、俺の錬金術が神に背く邪悪なものではないことを調査し、常に見張ること。

この世界ではあまりに異質なためか、一部の商売敵からは、俺の錬金術が悪魔的な力によるものだという噂も出ていたらしい。まあ、単に妬みもあるのだろうが。

現代知識なので、この世界のものではないという意味では、それも近いのかもしれないが……。

ただ実際には、その目的は違うらしい。

ネブリナにきた話によると、教会は本当に俺を疑っているのではなく、むしろ安全性にお墨付きを与えるための派遣らしい。

教会から派遣された者が監視した上で、問題なく運営されているならば、その事実は強力な後ろ盾になる……らしいのだった。

ちなみにそれと関係して、俺たちはここで作られている道具のいくつかを、今後も教会に寄付することとなっている。

実際に教会のほうでも、この道具が問題ないかどうかじっくりと調べる、という名目だ。

まあ、なんというか、わかりやすい人の世って感じの話なのだった。

ともあれそんなわけで、こちらへ来るという神官も、俺たちと友好関係を築くのが目的だ。

だから、さほど心配はいらないのだった。ただ、そういう扱いを受けるほどの大事になっている……ということには、やはり驚きがあるのだけれど。

●

そしてついに今日、教会からの使者がやってきたのだった。

「よろしくお願いします、ラヴィーネと申します」

そう言って挨拶をしてきたのは、おとなしそうな美少女だった。

きれいな金色の髪に、ぱっちりとした瞳。

白と青を基調にした神官服を着ている、清楚な女の子だ。

彼女はしばらくの間、ここで一緒に住む予定だ。

それもあってか、忙しい上位の神官ではないようだから、とても若々しい。

厳《いか》つくて偉そうな神官が来たら、好意的な態度であっても、やはり緊張してしまうしな。

そういう意味でも美少女だったというのは、俺にとっては大正解なのかもしれない。

「わぁ、かわいらしい子が来てうれしいわ♪　これからよろしくね」

「はいっ！」

実際、ネブリナはラヴィーネに、にこにこと話しかけている。

かわいいもの好きということで、テンションが上がっているようだ。

「ではまずは、工房を見せていただけますか？」

ラヴィーネは俺に注意を移すと、そう言った。

「ああ、こっちだ」

俺はうなずいて、彼女を工房へと連れて行く。

その後ろには、ネブリナもついてきているのだった。

ラヴィーネは、錬金術師である俺の監視役なのだが、ネブリナのほうが興味津々みたいだ。

ともあれ、俺は店の裏から階段を下り、工房へとラヴィーネを案内する。

「ここが、グロムさんの工房なんですね！」

「ああ」

ラヴィーネは目を輝かせながら、工房のあちこちを見ていた。

錬金術師の工房というのは、神官には珍しいのだろう。

そもそもが割とレアな職業だし、アイテムを作ったり研究を行う工房は、その性質上あまり人に見せるようなものでもないしな。彼女でなくても、馴染みはないだろう。

聞いたところでは、ラヴィーネは教会に住み込んでいたらしいから、そもそもこういった作業場自体が珍しいというのも、あるのかもしれない。

「こっち側は材料を入れておく棚だ。危ないものもあるから、気になって確かめるときは、先に声をかけてくれ」

一応は調査である以上、薬品類に関しても隠し立てをするつもりはない。だが、知らずに触るとよくないものも中にはある。

合法の範囲内だって、危険なものはいくらだってあるしな。

元の世界でだって、混ぜるな危険に類するものが子供でも普通に買えてしまうのだし。

「ああ、あとそっちの台は試作品置き場だな。それで、そっちが炉だ。炉は普通に使う暖炉よりもずっと高温になるよう作られているから、気をつけてな」

「はいっ。基本的には、見学をさせてもらうだけなので、勝手に触らないようにいたします」

「ああ、そのほうが安全だな」

ラヴィーネはとても素直で、気持ちのいい返事をする子だった。

俺に好意的な人選だというのが、よくわかる。

ひかえめで素直でありつつも、好奇心は旺盛なようで、目を輝かせて工房を見ている。

そんな姿も、とても好ましいものだ。

「そうだな。作業はまた明日以降ってことになるから、今日はもう、ネブリナに部屋のほうを案内してもらおうか」

「はい、よろしくお願いします」

ラヴィーネが、ネブリナへと振り返ってぺこりと頭を下げた。

「うん♪　それじゃ、ラヴィーネの部屋を案内するわね♪」

上機嫌なネブリナが、ラヴィーネの案内を始める。

女の子の部屋を見に行くのもなんだかな……ということで、俺は一足先に自分の部屋へと戻るのだった。

●

そうして始まったラヴィーネとの生活は、意外とうまくいっていた。

ラヴィーネとなら、問題なくやっていけそうだ。

教会からの調査ということで緊張もしたが、とてもよかった。

そんなふうに思っていると、ネブリナが俺の部屋を訪れる。

「グロム、今いい？」

「ああ、大丈夫だ」

部屋に招き入れると、ネブリナが俺の近くに腰掛ける。

しばらくはお互いに、ラヴィーネのことなどを話した。

かわいくて素直だということで、ネブリナは彼女をかなり気に入っているようだ。

「あんなに魅力的な子が来てくれたなんて、うれしいね♪」

最初はそんなふうに、普通に話していたのだが……。

夜にふたりきりだということで、ネブリナの雰囲気がだんだん変わってくる。

「ね、グロム……」

彼女は俺にしなだれかかるようにしながら、太腿をなでてきた。

しなやかな手が、誘うようになで回してくる。股間がぞわぞわし始め、落ち着かない。

「んっ……」

俺は彼女を抱き寄せ、応えるようにキスをした。

「ちゅっ……♥　んんっ……」

キスを繰り返しながら、彼女の服をはだけさせていく。

「あっ、んっ……」

すぐに、そのたわわな胸がたぷんっと揺れながら姿を現した。

俺は両手でしっかり、その大きな双丘を揉んでいく。

「あんっ、んっ……」

柔らかな感触とともに指が沈み込んでいき、むにゅりと乳肉が愛撫を受け止めて、形をかえていった。

「あふっ、ん、グロム、んっ……♥」

彼女はそのままキスを繰り返しながら、誘うように身体を揺らす。

指の隙間からあふれる乳肉がいやらしく、そそる。

俺はその爆乳を楽しみながら、愛撫を続けていった。

「あんっ……あっ、ふぅっ……」

漏れ出る声は色っぽく、俺をさらに盛り上げていく。

「んふぅっ、あぁ……」

むにゅむにゅとおっぱいを揉んで愛撫していくと、彼女は感じながらも、その手をこちらへと伸ばしてきた。

「グロム、ん、ふぅっ……」

手が俺の身体を滑りながら、下へと向かう。

そしてお腹をなでると、そのさらに下、股間へとたどり着く。

「グロムのここ、もう大きくなってるね……♥　ほら、んっ、ズボンの中で、苦しそうに膨らんでる♪」

そう言いながら、ズボン越しになでてくるネブリナ。

「ほら、出してあげる♪」

俺のズボンをくつろげて、肉棒を取り出してしまった。

「もうこんなに上を向いて……♥　ん、えっちなかたち、しちゃってる♪」

言いながら、身体を下へとずらしていった。

俺は爆乳から手を離して、彼女の動きに任せる。

「ん、グロムのおちんちん、近くで見るとすごい迫力だね♥」

ネブリナの顔が、肉棒のすぐそばにある。

まじまじと屹立を見られるのは不思議な感じだ。

「それに、男の子の匂いがする……♥」

そう言いながら、さらに顔を近づけてくるネブリナ。

きれいなお姉さんの顔がチンポのすぐそばにあるのは、すごくエロい光景だ。

「ふふっ♪　れろっ」

「うぉっ……！」

彼女はそのまま舌を伸ばすと、ペロリと肉棒を舐めてきた。

思わず声を漏らすと、彼女はいたずらっぽい笑みを浮かべながら、上目遣いに見つめてきた。

「おちんちん舐められるのって、気持ちいいんでしょ？　ガチガチのおちんちんを、こうやって、ぺろぉっ……♥」

「うっ……」

ネブリナは赤い舌先を見せつけるようにしながら、肉竿の先端を舐め上げてきた。

少しざらついた舌が裏筋を擦り上げる気持ちよさと、そのエロい表情。

俺はそんな彼女に身を任せていく。

「れろっ……ちろっ……ん、おちんちん、こんなに張り詰めて、ぺろぉっ♥」

「あぁ……すごくいいよ」

ネブリナの舌が、肉棒を隅々まで舐めていく。

「れろろっ……ちろっ……ん、ふぅっ……。こうやって、れろっ……おちんちんのかたちに合わせて舌を動かして……♥」

「う、ネブリナ……」

彼女は舌を大きく突き出して、肉棒全体をなめ回していた。

「ぺろろっ……♥ ん、ちろっ」

そうしてなめ回されていると、ゾクゾクとした気持ちよさが背筋を駆け上ってくる。

「ふふっ、舐められるの、気持ちいいんだね♪ れろっ……ちろっ……それじゃあ、こうしたらもっといいのかな？ あーむっ♥」

「おうっ……」

彼女は口を広げると、ぱくりと先端を咥え込んできた。

「あむっ、ちゅぷっ……」

亀頭を咥えると、そのままもごもごと口を動かしていく。

唇がちょうど、カリ裏を刺激してくる位置だ。

「んむっ、ちゅっ……。このまま、んっ……おちんちんをお口の奥まで……んむっ、ちゅぶっ……ちゅぱっ……」

「あぁ……すごいよ」

彼女は頭を前後に動かして、肉棒をぐっと飲み込んでしごいていった。

「あむ、じゅぷっ……」

がちがちのペニスが柔らかな唇に出入りする光景は、とてもそそるものがある。

「じゅるっ……ちゅぷっ……」

ネブリナが頭を動かすたびに、幹の部分までが温かな口内に包み込まれ、そして唇にしごかれながら出てくる。

その気持ち良さに身を委ねていると、すぐに射精感が湧き上がってきてしまう。

「ネブリナ、そろそろ……」

「こうやって……じゅぶっ……おちんちんをお口でちゅぱちゅぱするの、気持ちいいんだね？　あむっ、じゅる……」

「ああ、すごくいいな……それに、フェラしてるネブリナの顔もえっちで……」

「あぅっ……そんなこと言われたら、恥ずかしくなっちゃうよ♥　でも……じゅぶぶっ……それなら、もっと激しくしてあげる♪」

「うぉ……」

そう言って、彼女はこれまで以上に大きく頭を動かしていった。

「じゅぶぶっ……じゅるっ……」

激しい動きで、最高のフェラをしてくる。

「じゅるるっ……ん、ちゅぶっ……じゅるっ……おちんちん、お口でいっぱい、じゅぶっ、じゅぼっ、ちゅぅっ……」

「それ、うぅ……」

彼女はさらに、肉棒を強く吸ってくるのだった。

「吸われるのも気持ちいいんだね？　あむっ、じゅぶっ……それじゃ、もっとしてあげるね♪　ちゅるっ、ちゅううぅぅっ！」

「うおっ……！」

そう言って吸いつきを混ぜながら、肉竿を唇でしごいてくれている。

「我慢汁、いっぱいあふれてきてる……♥　あむっ、じゅるっ、ちゅぶっ……これを、ストローみたいに、ちゅうううぅっ！」

「そんなに吸われると、うぁ……」

「じゅぶぶっ、じゅるっ、ちゅうっ……♥」

彼女はそのまま、俺の快感を追い込んでくるのだった。

「じゅぶじゅぶっ！　じゅるっ、じゅぽっ……♥　あふっ、おちんちん、また大きく膨らんできてる……♥　じゅぶぶ！」

「ネブリナ、もう、うっ……」

「いいよ♥　じゅぶっ、ちゅぅっ……♥　あたしのお口で、受け止めてあげる♪　じゅるっ、じゅぶっ、ちゅぅっ♥」

「あぁっ……出る、出るよ！」

ネブリナのバキュームフェラで、俺はついに限界を迎えた。

「もう、無理っ……！」

「ん、それじゃ一気に……じゅぶっ！　じゅるっ、じゅぼっ！　じゅぶぶっ、れろれろぉっ、じゅぼっ、じゅるるるるるっ♥」

「あぁっ……！」

最後に強くバキュームを受けながら、俺は射精した。

「んむっ♥　ん、んんっ！」

肉棒が跳ね、勢いよく口内に精液を放っていく。

「んんっ……♥　ん、んくっ、ごくっ……」

そうして吐き出された精液を、ネブリナが嬉しそうに飲んでいった。

「んむっ、ちゅぶっ、ん、ごっくん♪」

しっかりと飲み干すと、彼女が妖艶な笑みを浮かべる。

「グロムの精液、すっごい濃いね♥　こんなにドロドロなのを、いっぱいあたしのおくちに出しちゃって……♥　そんなに気持ち良かったんだ？　女の子にせーし出すの……気持ち良い？」

「ああ、すごく良かった」

俺は射精後の脱力感に浸りながら答えた。

「ふふっ♪」

彼女は楽しそうに笑うと、こちらを見つめる。

「ね、まだできるよね？　おちんちん、大きなままだし」

「うぉっ……」

ネブリナが射精直後の肉棒を軽くしごいてきた。

彼女の唾液で濡れたままのチンポが、くちゅくちゅと音を立てる。

「ああ……そうだな」

ネブリナの顔は、すっかりと発情しているようだ。

「ネブリナも、期待してるみたいだしな」

「あんっ♥」

アソコへ手を伸ばすと、くちゅり、と水音がする。下着から愛液が滲み出しているのだ。

「ほら、四つん這いになってくれ」

「うん……」

俺が言うと、ネブリナは素直に従い、ベッドの上でお尻を突き出した。

年上の美女が、言われるがままに四つん這いになっている姿はとてもエロい。

もとから色気があるネブリナが、さらに発情しながらお尻を向け、すっかり愛液で濡れている女の場所をさらしているのだ。

俺はそんな彼女の下着をずらしてしまい、その奥を直接目にする。

「あんっ……♥」

少し恥ずかしそうにしつつも、ネブリナは誘うようにお尻を振った。

すでに充分に潤っていた蜜壺が、男の肉竿を求めてひくついている。

そのきれいなピンク色の内側までが、しっかりと見えてしまっていた。

「それじゃ、いくぞ」

「きて……♥」

俺は剛直を膣口へとあてがう。そしてそのまま、腰を前に進めた。

「んはぁっ♥」

ぬぷり、とおまんこにチンポが沈みこんでいく。

「あふっ、んっ……」

ねっとりとした膣襞が絡みついて、肉竿を締めつけてきた。

「あぁっ……♥」

俺はそのまま、バックで腰を動かし始める。

「んぁ、ああっ……♥　この格好、ん、ふぅっ……おちんちんの反り返りが、違うところをこすってきて……、んぁっ♥」

お尻を震わせて、淫らな声を漏らしている。

蠕動する膣襞をかき分けながら、俺はピストンを行った。

「あっ、ん、はぁっ……♥　ふぅ、んっ……！」

丸みを帯びたお尻をつかみ、後ろから抽送を行う。

「あふっ、あぁ……すごい……♥　お口でしてるときも、おちんちんの匂いとか、かたちとかが、すごくエッチだったけど……あぁっ！」

嬌声を交えながら、彼女が続ける。

「こうやって、んぁっ♥　おまんこ突かれると、もっともっとすごくて、気持ちよくて、んぁっ、あぁっ……！」

彼女はピストンに合わせて身体を揺らしていく。

「あふっ、ん、あぁ……グロムのおちんぽ……あたしのおまんこ、かきまわしてるっ……」

「あぁ……。ネブリナのここも、すごく吸いついてくるな」

美女の丸いお尻をつかみ、ただ気持ち良くなるためだけに、贅沢に腰を振っていった。

「んぁ、あうっ、ん、くぅっ……！」

前後に腰を振る度に、膣襞が肉棒を刺激してくる。

ネブリナはかわいらしい声を上げ、それに合わせて膣内が蠕動させる。

「んぁ、あぅっ……後ろから突かれて、んぁっ♥」

卑猥な音を立てながら腰を往復させ、ネブリナの中をますますかき回していく。

「あっあっ♥　だめ、そんなにされたら、あたし、んぅっ……」

「うっ、おまんこがすごく締めつけてくる」

「だって、あっ、んはぁっ♥」

ネブリナが嬌声を上げるたびに、おまんこがきゅっきゅと締まっていくのだ。

後ろから突かれて感じるそのエロい姿を楽しみながら、俺はさらにピストンを続けた。

「あぁっ……！　んは、あぁっ♥」

そうして腰を振っていると、俺はどこかから視線を感じる。

ネブリナはバックで突かれてあえいでいるので、当然違う。

これはたぶん、部屋の外からこちらをのぞき見ているラヴィーネだ。

こっちの世界では、未婚でのセックスはべつに、教会の戒律に違反してなどいない。

むしろ、社会的な流れとしても子作り行為は推奨されているほどだ。

しかし、ラヴィーネが暮らしていたのは女性ばかりの宗教施設。

基本的には箱入りで、こういったことに興味はありつつも、目にする機会などなかったのだろう。

俺はそっと、ネブリナに耳打ちする。

「どうやら、ラヴィーネが俺たちの行為を見てるみたいだぞ」

「えっ……!?　んぅっ！」

そう告げると、ネブリナの膣内がまた、きゅっと締まった。

俺はその膣襞を休みなく擦り上げていく。

「んはぁっ♥　あっ、んぅぅっ……！」

「見られて興奮してるのか？」

「そんな、んぁ、ああっ！」

彼女は小さく首を横に振るが、おまんこのほうは素直で、どんどんと締めつけてくる。

「あぁっ♥　ん、はぁっ、ふぅっ……！」

「ネブリナの乱れてる姿、バッチリ見られてるぞ」

「あっ、いやぁっ……♥」

そう言いながらも、彼女はいつも以上に興奮しているようだ。

そんなネブリナのおまんこを、ぐいぐいかき回していく。

「んはぁっ♥　あっ、ああぁっ！　だめぇっ……そんなに、んぁ、おちんぽズンズンしたらぁっ♥

あっ、んはぁっ……！」

彼女は見られている羞恥とピストンで高まって、あられもない声を上げていく。

「あふっ♥　んぁ、ああっ、ああっ……！」

そんな、はしたない声までも聞かれているという意識が、余計にネブリナを興奮させているようだった。俺もたまらなくなって、白いお尻にパンパンと腰をぶつけていく。

「あっあっ♥　もう、だめっ……！　んぁ、あっ、イクッ！　イっちゃうっ……あんっ♥　あ、んはぁっ……！」

「ぐっ、あぁ……いいぞ、そのまま、そらっ！」

「んくぅうっ！」

深くまで肉棒を差し込むと、ネブリナがひときわ高い嬌声を上げる。

俺はそのまま、ラストスパートで激しく腰を振っていった。

「んはぁ！　ああっ、あああっ……！　だめ、あっ、イクッ！　もう、んぁ、イクイクッ！　イックウウゥウゥウゥッ！」

びくんと反応しながら、ネブリナが絶頂した。

「う、おぉ……」

一瞬でおまんこがぎゅっとしまり、精液をねだってくる。

俺は精液が上ってくるのを感じながらも、そのままピストンを繰り返した。

「ああっ♥　あ、んはぁっ♥　イってる、んぁ、イってるおまんこ、そんなにぱんぱん突くのだめぇっ♥　あっ、んはぁっ！」

「ぐ、出る！」

「んはっ♥　あっ。ああっ、いま、中に出されたら♥　あっ♥　熱いの、ビュービュー注がれたら、んぁっ」

「ぐっ、い、いくぞ！」

びゅるるっ、びゅくっ、びゅるるるる！

俺は絶頂おまんこの中で、大量に射精した。

「んひいぃいっっ♥　あっ、あああっ！　濃いザーメン！　びゅくびゅく出てるぅっ♥　あっ、イクッ！　出されて、んはあああぁぁぁっ♥」

中出しを受けて、彼女は再びイったようだ。

膣襞が肉棒を締めつけ、精液を余さず搾り取ってくる。

俺はそのおねだりに合わせて、精液を残らず子宮に注ぎ込んでいった。

「あっ……♥　ん、はぁ、ああっ……♥」

絶頂おまんこに中出しを受けた彼女は、そのままうっとりと脱力していった。

俺はそんなネブリナから肉棒を引き抜く。

こぽぉっと卑猥な音を立てながら肉竿が抜けると、おまんこがぽっかりと口を開けていた。

そのエロすぎる光景は、すぐにでもまた挿れたくなってしまうほどだ。

「あぅっ……♥」

俺はそんな、ドスケベな姿を見つめていた。

「グロム、んっ……」

彼女は寝そべったまま、こちらを見てくる。そのとろけた表情もそそるものだ。

「グロムってば、まだおちんちん勃ってるんだね。もう、元気なんだから♥」

そう言いながら身を起こすと、俺の肉棒に触れてきた。

「ぬるぬるガチガチのおちんぽ♥　んっ、あれだけたくさん出しても、こんなにたくましいなんて……ふふっ♪」

彼女はゆるゆると肉棒をしごいてくる。

ネブリナの愛液で濡れた肉棒は滑りが良く、ぬるぬるとしごかれるのは気持ちがいい。

「本当、元気なんだから……グロムってば、見られて興奮してるの？」

「それはネブリナだろう？」

俺がそう言うと、彼女は手コキの速度を速めてきた。

「うぉっ……。恥ずかしさをごまかすために速くするな」

「えー？　でも、おちんちんしこしこは、ある程度速いほうが気持ちいいでしょ？　ほら、しこしこっ、しゅっしゅっ♪」

彼女はリズミカルに手コキを続けてくる。時折回転を加えてくるのが特に効く。

「ん、あぁ……こんなにビンビンのおちんちん触ってると、んっ……♥」

彼女はエロい表情を浮かべながらそう言った。

「ネブリナ――」

「ん、次はあたしがするね」

俺が姿勢を変えようとすると、ネブリナが遮るように言って、俺を押し倒してきた。

そしてそのまま、跨がってくる。

「あぁ……ん、ふぅっ……」

彼女は俺の肉竿を、自らの膣口へと導いていった。

「ん、はぁ……あぁ♥」

そしてそのまま腰を下ろし、騎乗位でつながる。

「あふっ、ん、くぅっ……」

熱い吐息を漏らしながら、ゆっくり腰を動かし始めた。お互いにまだ敏感だから、それだけでも強く感じてしまう。

「ん、はぁっ、あぁっ……」

ネブリナが腰を振り、膣襞がこすれてくる。

「んぁ、あふぅっ、あぁっ♥」

見られながらというのは、やはり背徳的な興奮があるな……。

俺は、ラヴィーネの視線を感じ取りながら、そう考えた。しかも今度は騎乗位だから、よりはっきりとネブリナの姿や結合部も見えていることだろう。

「あっ♥　ん、はぁっ、ふぅっ……」

ネブリナが淫らに腰を振る姿に、ラヴィーネがますます見入っているのが気配でわかる。

営みに興味津々の視線。それが俺たちを昂ぶらせていく。

「んぁっ♥　あっ、ふぅっ、んっ……あっ！」

ネブリナが大きく腰を振ると、その爆乳が柔らかそうに弾む。

「あぁっ♥　ん、はぁ、くぅっ！　んぁっ……！」

俺はそれを見上げながら、惹かれるように手を伸ばしていった。

「んぅっ♥　あっ、んぁっ……」

柔らかな膨らみを、下から支えるように揉んでいく。

「んくぅっ♥　あっ、グロム、あんっ♥」

「ほら、おっぱい揉まれながら腰を振って、いっぱい感じてくれ」

「んはぁぁっ♥　あっ、ん、ふぅっ……！」

むにゅむにゅと、たわわな膨らみを存分に揉んでいく。

下からだと、そのボリュームをダイレクトに感じることができた。

「あふっ、ん、あぁっ、ああっ♥」

幸せな重みを感じながら、むにむにと柔らかさを楽しんでいく。

「あぁっ……ん、ふぅっ、あぁっ、おっぱい、そんなに触られると、ん、ふぅっ……」

彼女は爆乳をこちらに預けるように、前傾姿勢になった。

俺の両脇に手をついて、腰を振っていくネブリナ。

「あぁっ♥　ん、あんあんっ♥　あぁっ……！」

姿勢を変えたことで、より力強く腰を動かせるようになったようだ。

その膣襞が勢いよく肉棒を擦り上げ、射精を促しているかのようだ。

「んはぁっ♥　あっ、くぅっ、んぁっ……あぁっ……見られながら、あふっ、こんなに感じちゃって……あたし、ん、はぁっ……！」

「今のネブリナ、すっごくドスケベでそそるぞ」

「いやぁっ……♥　そんなふうに言われたら、んぁっ、ああっ……！　恥ずかしいのに、感じちゃうっ……んぁっ♥」

ネブリナは興奮気味に言って、さらに激しく腰を振ってきた。

「ああっ♥　だめ、すごいのぉっ、おちんぽ、おまんこをぐいぐい、ん、はぁっ……あうっ、ん、あぁっ！」

彼女が昂ぶりながら、激しく腰を動かしていった。

「んはぁっ♥　あっあっ♥　ん、くぅっ……！」

乱れる彼女は、絶頂が近いようだ。

俺は胸から手を離すと、こちらからも腰を突き上げる。

「んはぁぁぁっ♥」

突然奥を突かれて、ネブリナが身体を跳ねさせながら叫ぶ。

「あっ……♥　あぁ……んはぁ、今の、すご、んくぅっ！」

俺は下がガンガンと突き上げて、その蜜壺を犯していった。

「んひぃっ♥　あっ、ああっ！　だめぇっ……！　んぁっ、あっ、ふぅっ……！　あぅっ、イクッ
……ん、あぁっ……」

切なげに息を切らして、俺の上で乱れる。

そのエロい姿を見上げながら、ますます腰を動かしていった。

「んはぁっ♥　あ、くぅっ、ん、あぁぁっ……♥　おちんぽに、いっぱいつき上げられてぇっ♥　イクッ！　んぁ、あふっ……！」

その昂ぶりに合わせて膣襞がうねり、肉棒を締め上げてくる。

強い快楽に、俺のほうも限界が近づいてきた。

「んはぁっ♥　あっあっ♥　もう、ん、くぅっ……！」

彼女は快楽に溺れていく。

「あぁっ♥　もう、ん、くぅっ……♥　はぁっ、あっあっ♥　イクッ、イクイクッ！　イックウウウウウッ！」

最後の嬌声を上げながら彼女が絶頂する。膣内が収縮して、肉棒に放出をねだった。

俺は精液が駆け上ってくるのを感じながら、その奥をさらに突いていく。

「んはぁっ♥　あ、ああっ！　イってるおまんこ、突き上げられてっ♥　んぁ、あっ、あっあっ♥　んくぅっ！」

「ぐっ、出る……！」

「んはぁぁぁぁっ♥」

俺は腰を思い切り突き上げ、彼女の奥で果てた。

肉棒が跳ねながら、精液を注ぎ込んでいく。

「あっ、ん、はぁっ……んあぁっ……♥」

絶頂のままおまんこに中出しを受けて、彼女があられもない声をもらした。

「あっ、ふぅっ、ん、はぁっ……」

ゆっくりと落ち着きながら、快楽でとろけていく。

「あぁ……♥　ん、ふぅっ……」

ネブリナは荒い息を吐き、俺を見下ろした。

「ん……ふぅっ、あぅっ……すごすぎて、あぁ……♥」

その姿はとてもエロく、魅力的だ。

「ネブリナ……」

「んっ……」

俺は手を伸ばし、彼女の頬を優しくなでた。

ネブリナは目を細め、俺のその手に触れてくる。

行為後の余韻に浸りながら、しばらくそのまま彼女をなでていた。

見られながらのプレイはいつも以上に興奮したようで、俺たちは体力を使い果たした。

やがて、落ち着いた彼女が俺の隣へと寝転んだ。どうやらラヴィーネも、すでに立ち去ったようだ。俺たちは安心してそのまま、抱き合って眠りに落ちていくのだった。

●

ネブリナとの行為を見られた後……。

ラヴィーネは好奇心からか、俺たちを意識したような目をちらちらとこちらに向けてくるようになっていた。まあ、興味があるのも当然と言えば当然だ、というわけで特に触れはしなかったが。

それ以外はこれと言って態度も変わらず、監視という名目の職務を果たしているし、錬金術にも興味を示している。

「こうして炉を使うのは、すごいですね」

「ああ。あまり近づきすぎると危ないが、眺めていても、なかなかいい光景だよな」

この世界の錬金術には、通常の魔法のように魔力を使ってすぐに結果を出す術もある。

そしてもうひとつ、現代世界で言うところのいわゆる錬金術——蒸留や製錬などによる様々な製造技術からの素材作りももちろんあって、大きくはその２つの体系に分けられている。

どちらもこの世界では錬金術なので、ちょっと紛らわしい。

ざっくり言えば、素材を地味に作り出しつつ、最後は魔法で完成させるって感じだろう。

錬金術師としてのレベルが上がれば、魔法だけでできることも増えていくのだが、精製物の純度を求めたり、自分の魔力量の問題もあって、地道に工房でやったほうがいいことも多々ある。

魔力付与や属性変化など、魔法としての錬金術が必須なことはそうして、それ以外の部分は地道にやるというのも、数をこなすには有効だった。

俺の場合であれば、例えば冷蔵庫を作るとして、電子部品や、冷媒部分などはどうしても魔法やスキルによる錬金術に頼らざるを得ない。素材から電子部品を作るのは無理だろうから、同じ機能のパーツを魔法で生み出すのだ。

反面、そのために必要な金属類は、製錬技術で得ることもできる部分になる。

製錬の知識や技も、レベルアップで増えていくから便利だ。

爆速レベルアップのおかげで魔力量もかなり増え、品質も高いので、すべてを魔法だけで作ってしまうこともすでに可能ではあるが……。

ある程度、炉は安定して稼働していたほうが都合がいいし、一部にはまだまだ手作り感に対する信仰が根強い、というのもある。ようするに貴族たちは、手間暇かかっています……というところにお金を出してくれるのだ。

そんなわけで、ある程度のことまでは炉などの活用で行いつつ、錬金術も無理なく使ってアイテムを作っていくのだった。

そんな俺の作業を、ラヴィーネも手伝ってくれるようになっていた。

監視役ではあるものの、見ているだけというのも落ち着かないのだろう。

また、彼女は錬金術に興味があるようで、いろいろなことを尋ねてもくるのだった。

「どうして鉄を取り出すのに、こんなふうに熱するのですか？」

「金属は、物によって融点――溶けてくる温度が違うからだな。温度をうまく調節してやると、狙った金属だけを取り出すことができるんだ」

「そういうものなんですね……」

「ああ。だから炉の温度は、考えなしに上げすぎてもダメなんだ」

「ちょうどいいところを保つって、難しそうですね」

「そのあたりは慣れかな。あとは魔法も少しかじっておくと、そのあたりの調整が簡単になるかも」

「なるほど！　たしかに、魔法なら調整はしやすそうです」

一般的に、属性魔法が扱える者は冒険者などの戦闘職に就くため、あまりそういう使い方を想定している人はいないみたいだが……。

実生活レベルの魔法は、結構便利なのだった。

「私も簡単な魔法を覚えてみたいです」

「ああ。それはいいかもな。この炉に使うような炎を魔法だけで維持しようとすると、それなりの魔力が必要になってくる。でも、料理のときに火をおこすくらいなら、魔法使いの職業スキルがなくても、そう難しいことじゃないし」

魔法は戦闘に使うもの……という先入観があるから、こう考える人はあまりいないみたいだ。

でも、プロには遠く及ばないにせよ、いろいろ習得していくのは便利だと思う。

俺は魔法の才能なんてわからない現代社会にいたから、そんなふうに考えやすいだけなのだろうけれども。

確かに、子どもの頃から「職業」で能力や出来ることが決まる、それが最適解だ、なんて教えられていたなら、わざわざ他のことをしようとは思わないのかもな。

現代社会と比べれば、生きること全般に余裕もないわけだし。

そんな中では、好奇心旺盛で柔軟にいろいろと学んでいくラヴィーネは、珍しいタイプなのかもしれないな、と思った。

●

そんな三人での生活が、穏やかに続いていく。

とても素直な弟子となったラヴィーネと工房でアイテムを作り、ネブリナがそれを上手に売り込んでくれるので、さらに店が発展している。貴族からの覚えもよく、俺たちは貴重な製品を扱う、唯一の存在として徐々に成り上がっているのだった。


そして夜になれば、ネブリナが俺の部屋を訪れて、いちゃいちゃと過ごしていく。

彼女のような美女に愛されるのは、とても幸福だ。今夜もネブリナは、俺の部屋に来ている。

「ね、グロムはラヴィーネのことも好きでしょ？」

「ああ、そうだな」

彼女の言葉に、俺はうなずく。

ラヴィーネはあれからも、俺たちの行為が気になっているようで、ちょくちょく覗いて見ているようだった。そんなところも、かわいらしい。

「ラヴィーネともえっちなこと、したい？」

「彼女が望むならな」

興味は強くあるようだが、それがイコール、俺たちとしたいとは限らない。

というのは半分くらいは言い訳か。

あまりそういう誘いになれていないから、切り出していいものか判断しかねている、という部分もある。この世界は一夫多妻が普通だし、ネブリナの様子からしても、そちらは大丈夫そうではあるのだが……。

「そうなんだ♪」

そこでネブリナは声を明るくして、ドアのほうへと声をかけた。

「だって、ラヴィーネ。ほらおいで」

「は、はい……」

ネブリナが声をかけると、ラヴィーネがおずおずと部屋に入ってきた。

少し顔を赤くして緊張している様子の彼女。そんな姿も初々しくていい。

「今日はラヴィーネに教えながら、ふたりで気持ちよくしてあげる♪」

ネブリナは楽しそうに言った。

「ラヴィーネはいいのか……？」

俺が顔を向けると、彼女は小さくうなずく。

「が、がんばりますっ……！」

こんなときにまで真面目で、好奇心旺盛らしい。

おとなしいのに積極的、というのもなかなかにそそるものがあるな。

そんな訳で、俺はふたりからの奉仕を受けることになったのだった。

「それじゃ、さっそく服を脱がしていくわね♪」

そう言って、ネブリナは俺の服に手をかけてくる。

俺はそれに任せるまま、脱がされていった。

「わっ……」

ラヴィーネは驚いた声を上げげつつも、しっかりとこちらへと目を向けている。

そんな彼女の視線は、露出させられた男性器へと向いているのだった。

「あたしたちも、んっ……」

「ひゃうっ……ネブリナさん、んっ……」

「おお……」

ネブリナは自らの服をはだけさせつつ、ラヴィーネの服も着崩していく。

ぶるんっとたわわな胸が露《あらわ》になって、俺の目はそちらに向いてしまう。

美女ふたりがあられもない格好で迫ってきているのだ。男として、興奮しないはずがなかった。

「あっ、おちんちん、大きくなってきました……！」

鎌首をもたげていく肉竿に、ラヴィーネが反応する。

「ふふっ、興奮して、触ってほしがってるのよ♪」

楽しそうに言いながら、ネブリナがラヴィーネを促す。

「ほら、触れてみて……」

「グ、グロムさんの、おちんちん……」

ラヴィーネの手が、おそるおそる、といった感じで肉棒へと伸びてくる。

「あっ……」

そしてその手が、ぎこちなくチンポを握った。

興味津々といった様子で、処女につたなく触られるのはとても興奮する。

「あうっ……すごく熱くて、硬い……」

彼女の手が、にぎにぎと肉竿を刺激してくる。

こんなにもエロいことに興味がありつつ、しかしまだ経験がない少女。

背徳感混じりの興奮が俺を包んでいった。

「そう。そのおちんちんを、上下にしごいていくの、しこしこー」

ネブリナが声をかけると、ラヴィーネはそれに従った。

「こ、こうですか？　しこしこ……」

ラヴィーネがおっかなびっくりといった手つきで、肉棒をしごいていく。

美女ふたりにペニスを凝視されての手コキは、非日常的な気持ちよさがあった。

「そうそう、その調子。しこしこ、しこしこ」

ネブリナの声に合わせて、ラヴィーネが手を動かしていく。

そしてそんな彼女が、上目遣いにこちらを見つめてきた。

「グロムさん、気持ちいいですか？」

「ああ……」

俺が答えると、彼女は興味深そうに肉棒を見つめる。

「そうなんですね……男の人のおちんちんって、こうされるのがいいんだ……」

感動したように言いながら、手コキを続けていくラヴィーネ。

「しこしこー、しこしこ……」

ややぎこちなく上下に動く手が、肉竿をしごいていく。

「ふふっ、そうそう。たまに角度を変えてみるのもいいわよ」

「こう、ですか？」

「おぉ……」

「そうそう♪」

ネブリナに言われたラヴィーネは、上下以外にもバリエーションをつけながら手を動かしていくのだった。

「ん、しょっ……すごいです……血管も浮き出ていて、硬くて……」

「ここの、裏筋のところが敏感なの」

「ここですか？」

「そうそう♪」

「おちんちん、ぴくんって跳ねました♥」

ネブリナに教えられながら、ラヴィーネが手淫を続けていく。

「先っぽが敏感だから、いじってあげて」

「はいっ」

そう言って、ラヴィーネが先端を中心にこすってきた。

「こっちはちょっとぷにっとしていて……つるつるですね」

「あたしは根元のほうを、しこしこー」

「う、あぁ……」

ふたりの手が、根元と先端をそれぞれ刺激してくる。その気持ちよさに身を任せていった。

「すりすり、きゅっきゅっ……おちんちんの先っぽから、ん、ヌルヌルしたのがあふれ出してますね……♥」

「ふふっ、我慢汁が出てきてるんだね。根元から先っぽに絞り出すように、ぎゅー♥」

「うっ……」

ふたりの手が肉棒を責め、俺は追い詰められていく。

「ほら、もっとしこしこしてあげて……♥　おちんちんからいっぱい出せるように♪」

「はいっ……♥　しこしこ、しこしこー。硬いおちんぽ、いっぱいこすって、んっ……」

「ふたりとも、そろそろ……」

「あっ、出そうなんですね♥　グロムさんがイクところ、見せてくださいっ……♥　しこしこ、しこしこっ♪」

「う、あぁ……」

ラヴィーネがテンションを上げながら、先端をさらに責めてくる。

「ほらグロム、しこしこっ……」

ネブリナも射精を促すように、根元をしごき上げてきた。

「先っぽ、んっ、すごく張り詰めてます……♥　しこしこ、しこしこっ……射精するところ、みせてくださいっ♥」

「う、出るぞっ……！」

俺はふたりの手コキで、気持ち良く射精した。

「きゃっ♥　すごいっ……」

勢いよく飛び出た精液が、彼女たちに降り注ぐ。

「あんっ……♥　あっ、ドロドロで熱いのが、いっぱい……♥」

ラヴィーネはうっとりと言いながら、手にかかった精液を眺めた。

「私たちの手で、気持ちよくなってくれたんですね……♥　これが、男の人の射精なんだ……♥

すんすんっ……」

そして彼女は手にかかった精液を嗅いだ。純粋そうな顔でそんなことをするのは、とてもエロい。

「すっごくえっちな匂いがします……♥　んっ……」

ラヴィーネは刺激が強かったのか、ぼーっとしていた。

「ラヴィーネの続きは、また今度にしようか？」

「はい……」

まだ少しぽーっとした様子で、ラヴィーネはうなずいた。

「ラヴィーネは初めてだし、あとは、いつもみたいに見ててね……」

そう言いながら、ネブリナが俺の股間をなでてきた。

「えっと……はい。そうしますね」

のぞきのことを言われて、恥ずかしがるラヴィーネ。神官という立場からしても、微妙な行為だったのだろう。

「グロムは、もっと出したいでしょ？」

挑発するように、ネブリナが肉竿をしごく。

「それにあたしも、んっ……♥」

そして潤んだ目で、こちらを見つめてくる。

「ああ、そうだな。ネブリナの痴態を、しっかり見ていいぞ、ラヴィーネ」

俺はうなずいて、ネブリナを抱き寄せた。

「あんっ……そんな♥」

そして一気に服を脱がせていく。たゆんっと揺れながら現れる、大きなおっぱい。

その柔らかそうな頂点で、乳首はもう、つんと尖っていた。

「ん、あぁっ……♥」

女同士であっても、恥じらいはあるだろう。そこを軽くつまむと、ネブリナが声を漏らす。

俺はそのまま、たわわな双丘を揉んでいった。

「あっ……ん、ふぅっ……♥」

「さっきは俺が気持ちよくしてもらったしな。ほら……」

むにゅむにゅと爆乳を揉みながら言うと、彼女は顔をとろけさせる。

「あっ……ん、ふぅっ……」

色っぽい声を漏らす彼女の、乳房の柔らかさを感じながら乳首をいじっていく。

「あぁっ……♥　ん、ふぅっ……」

ネブリナは胸を突き出すようにしながら、腰をこちらへとこすりつけてくる。

「あ、ん、ふぅっ……はやく……ほしいの♥」

それならと、俺は彼女の下半身も脱がせてしまう。

もうすっかりとうるみを帯びた蜜壺が、肉竿を求めているのがわかった。

「準備はできてるみたいだな。ほら、ラヴィーネ。女はこんなふうに濡れるんだよ」

「あう……す、すごく……きれいです、ネブリナさん」

「んっ……言わないで……もう我慢できないんだもの……♥　あっ、んっ……」

ネブリナがそのまま、俺を押し倒すように覆い被さってくる。

俺は逆らわずに倒れ込み、彼女を見上げた。

「グロム、んっ……入れるわね」

そのまま　肉竿を自らの入り口へと導いていく。ラヴィーネがしっかりと結合部を見つめていた。

「あっ、ふぅっ……♥　そんなに見ちゃ……」

くちゅり、と卑猥な音を立てながら、亀頭が膣口にキスをした。

「硬いの、つんつん当たってる……んっ……」

「ここに……グロムさんのおちんちんが……」

そして、そのまま腰を下ろすと、肉竿を受け入れていった。

「あっ……ん、はぁっ……！」

つぷり、と肉棒が膣内に飲み込まれていく。

「あふっ……」

蠕動する膣襞が肉棒をくわえ込んだ。

「あうっ……はいっちゃう……はいっちゃってますよ、ネブリナさん♥」

膣内への侵入と、美少女にセックスを観察される興奮。

それに浸っていると、ネブリナが発情顔でこちらを見下ろした。

「いくよ……ん、はぁっ……♥　ほら……あんっ！」

そしてそのまま、騎乗位で腰を振り始める。

「ふぅっ、んっ……」

グラインドするように腰を動かすと、肉棒が膣内でぐいぐいと動いていく。

「あっ……♥　ふぅ、んっ……！」

彼女が腰を動かすたびに、肉竿は膣内を動いていく。

「あんぁ、あぁっ……」

「……気持ち良いんですか？　あ……すごい……おちんちん……こんなに深くまで」

脚をモジモジとさせながら、ラヴィーネも興奮しはじめている。

手コキでその硬さを知ったからか、秘部をペニスに突かれるイメージも湧いているようだ。

「あっ、ん、ふぅっ……」

俺はあえぐネブリナを見上げる。腰を振るのに合わせて、たわわな爆乳が揺れている。

「あっ、ん、はぁっ……♥」

こんなにもおっぱいを目の前で揺らされたら、手を伸ばしてしまうのは当然だ。

「あんっ♥　ん、むっ。ふぅっ、あぁっ……♥」

彼女は緩やかに腰を振りながら、かわいらしく反応していった。

「ネブリナだって、この前までは処女だったんだ。ラヴィーネも、すぐに気持ち良くなれるさ」

たわわな胸を揉みながら言う。考えて見れば、ものすごく贅沢な状況だ。

ネブリナも興奮するのか、おまんこがさらに締まってくる。

「ん、ふぅっ……あぁっ……」

柔らかな爆乳を揉みながら、肉竿をしごかれる。

「ラヴィーネ、ほら……」

彼女の手を取り、ネブリナの胸に触れさせる。

「んぁ、あっ、ふぅっ、んっ……だめ……そんなの……ううぅっ」

「あ……すごいです。柔らかくて……あったかくて……」

もにもに、むにゅむにゅ。ある意味で俺よりも容赦なく、ラヴィーネが胸を揉んでいる。

それぞれの気持ちよさが、互いを高めていった。

「んはぁっ♥　あっ、ふぅっ、んっ……グロム、あ、んっ……！」

腰を振る彼女の姿を見ながら、その爆乳をふたりで愛撫していく。

「んはっ♥　あ、あぁっ……」

「あふっ、ネブリナさん……イくんですか？　これ……そうなんでしょうか」

グラインドだけでなく、精液を搾り取るような強いピストンが始まった。

「あっあっ♥　ん、はぁっ、んぅっ……」

「もっと……もっと感じて見せてください、ネブリナさん♥」

「いいぞ、ほら、ここがネブリナの感じるところだろ」

俺も興が乗り、ラヴィーネに見せつけるようにネブリナを責めていく。

こうなってくると、どんどんと射精欲が膨らんでいった。

「あぁっ♥　ん、はぁ、あぅっ……あふっ、ん、あぁぁっ……♥」

激しい腰振りに合わせて弾むおっぱい。それを見上げながら、俺は腰を突き上げていく。

「んくぅっ！　あっ、あぁっ……♥　おちんちん、下からズンッてあたしのおまんこ、突き上げてきてるぅっ……♥」

あられもない声を出しながら、ネブリナが腰を振っていった。

「んはぁっ♥　あっ、あぁっ……♥　もう、だめ、だめぇっ……」

彼女を突き上げ、奥の奥まで肉棒を届かせていく。

ぐじゅぐじゅの結合部には白い泡が浮き、本気の快感が襲ってくる。

「んぁ、あっあっ♥　もう、だめ、イクッ！　んぁ、あっ……あうっ！」

俺はそのままラストスパートで、腰を何度も突き上げる。

「んはぁぁぁっ！　あっ、もう、イクッ！　あっ♥　イクッ、イクイクッ！　イックウゥゥゥッ！」

「う、出るっ……！」

びゅるっ、びゅるるるるっ！　彼女の絶頂に合わせて、俺は射精した。

「んはぁぁあっ♥　あっ、あぁ……♥」

肉棒が跳ねながら、その絶頂おまんこに中だしを決めていく。

「熱いの、勢いよく飛び出て、あっ♥　んぁ……」

「あうっ……出てるんですね……お腹の中にさっきの精子が……こんなにびゅくびゅくと……」

ネブリナはうっとりと声を漏らし、ラヴィーネは熱っぽい視線を送っている。

間近での他人の生セックスは、処女には刺激が強すぎたようだ。

膣襞はしっかりと肉棒をくわえ込み、精液を絞りとっていた。

「あ、あぁ……♥　んっ……」

「これが……セックス……。男女の子作りなんですね……はふぅ……」

倒れ込んできたネブリナを受け止めて、横に寝かせる。

「グロム……んっ……」

行為後のほてった身体。そのなまめかしい様子と、女性特有の気持ちいい柔らかさ。

それを感じながら、俺もリラックスしていく。

「んっ……♥」

軽く頬にキスをしてくるネブリナを抱きしめ、ラヴィーネにも視線で終わりを告げる。

ラヴィーネはそっと頷いて、部屋を出ていった。

俺はネブリナと抱き合いながら、幸せを感じて眠りに落ちていくのだった。

第三章　貴族令嬢との出会い

しばらくして、形だけではあるが、ラヴィーネが教会への報告を行ったようだ。

これで正式に教会からのお墨付きをもらった俺たちの店は、さらに躍進していった。

貴族たちも大手を振って取引ができるようになったし、平民側にとっても教会のお墨付きは絶大な力を持っていたようだ。

やはり、怪しげな力だと思う人がいたのも、自然なことだしな。

現代のものを高レベル錬金術で再現するのは、この世界にはない物を、この世界の歴史には生まれないかもしれない知識で生み出しているということだ。

既存の魔法体系や、錬金術でできることの完全な外側なのだ。

それが教会のお墨付きを得ることによって、今ではすっかり受け入れられていた。教会が「是」としているのにそれを疑うようなことを言えば、それこそ目をつけられてしまうからな。

こうしたラヴィーネのおかげもあって、順調に進んでいく。

また、錬金術師としてのレベルがさらに上昇したことで、俺は戦闘用のステータスも上がり、今ではより貴重な素材でさえも、自分で気楽に取りに行けるようになっていた。

凶暴モンスター由来の素材や、危険な場所にある素材などは、買う場合はやたらと高い。特殊なツテがないと、そもそも入荷がない、というようなことも多いのだ
だが、今の俺ならそれを自分で調達することができる。
商売において、商品を切らさないっていうのは大切だからな。

そんなふうに、昼間は仕事に打ち込んで充実し、夜になればもちろん……。

けれど、今日はラヴィーネがひとりで部屋を訪れたのだった。

「その……」

彼女は少し恥ずかしそうにしながら、俺を見つめて言った。

「この前、グロムさんの、その、おちんちんをいじって……。おふたりの行為を見てから、ずっと……」

恥ずかしそうにしているラヴィーネはかわいいな、と思いながら続きを待った。

「ずっと気になっていて……身体がうずいちゃうんです。私も、お腹のなかに欲しくなってしまって……」

そして彼女は、上目遣いにこちらを見る。それはもう、反則級にかわいかった。

「だから今日は、最後までしてくださいっ……」

「ああ、もちろんだ」

最高の美少女に、こんなふうにおねだりされたら、男として応えたくなるに決まっている。

あの日から、俺だって期待していた。ラヴィーネの初めてを、自分のものにしたかった。

俺はさっそく、彼女をベッドへとつれていくのだった。

「んっ……」

まずは彼女の服を脱がしていく。

「あっ、んっ……恥ずかしいです」

「きれいだよ」

「あぅ……」

その華奢な身体を包む服を脱がせていくと、白い肌が表れてくる。

神殿育ちだ。おそらくはきっと、異性の目には触れたことがないだろう。

美しい肌の中で、もっとも目を引くのは、ぷるんっと揺れながら現れたおっぱいだった。

ベッドの上で仰向けになっていても、存在感を失わない尖った美乳。

全体的に華奢な印象のラヴィーネの中で、そこだけが強く存在を主張している。

「グロムさん、んっ……」

彼女は恥ずかしがり、その胸を隠そうとする。

俺はその細い手をつかんで、隠せないようにした。

「うぅっ……まだ……恥ずかしいんです」

「これから、もっと恥ずかしいことをするんだよ」

「あぅっ……」

セックスで、自分がどうなるか。男にどうされるのか。

経験はなくとも、ネブリナとの行為を最後まで見て知っている。

彼女は諦めて腕から力を抜いていった。俺は、そんな彼女のおっぱいへと手を伸ばす。

「ん、あぅっ」

むにゅり、と柔らかな感触が手を迎え、ラヴィーネが小さく声を漏らす。

そのまま、そのたわわな双丘を揉んでいった。

「ん、ふぅっ……」

彼女は小さく声を出しながら、俺を見上げる。赤く染まった頬と、いつもより色っぽい表情。

それが俺の興奮をかき立てていく。工房でいつも一緒でも、こんな顔はまだ見たことがない。

「あんっ……おっぱい……。ネブリナさんも言っていましたが、男のひとは好きなんですね」

美しい女神官は街中でさえ、男に淫らな目で見られたことがないのだろうか。

反応がいちいち、純粋だった。

「あぅっ……なんだか、んっ……」

むにゅむにゅと揉んでいくと、彼女も感じてきたようだ。

「んぁ、ふぅっ、んっ……」

そして次に、そのたわわな頂点でぴんと立っている乳首にも触れていった。

「あぁっ……ん、ふぅっ……」

敏感な突起を刺激されて、彼女が嬌声をもらしていく。

「グロムさん、ん、あぁっ……！」

彼女の声がだんだんと大きくなり、感じているのが伝わってくる。

「あふっ、ん、あぁっ！　あ、んっ……」

かわいらしく反応そしていくラヴィーネ。

もうずいぶんと感じているようだ。真っ白な彼女にこうして教えていくのも、とても楽しい。

俺は一度胸から手を離し、今度は下半身を脱がせていく。

「あぅっ……あ……そこは」

恥ずかしがる彼女だが、抵抗はせずに身を任せていった。

そしてすぐに、彼女を守るものは下着一枚になってしまう。

「グロムさんっ、あぁ……」

さすがに羞恥で身をよじるが、その下着に手を掛けて、一気に下ろしてしまう。

「ほら、足、開いてみて……」

「あうぅっ……恥ずかしい……恥ずかしいですぅ……」

俺は彼女の足を、大胆に開かせていく。

まだ誰にもさらしたことのない、彼女の秘められた場所が現れた。

花弁はまだ清楚に閉じているものの、そこからは蜜がこぼれだしている。

「ん、うぅ……」

彼女は大事な場所を見られることに恥ずかしがりつつも、動かないでいる。

素の姿がとてもかわいらしい。俺はそんなラヴィーネの花園へと手を伸ばしていった。

「ひうぅっ♥　ん、あぅっ……私、あぁ……」

くちゅり、といやらしい水音を立てるその花弁。

柔らかく、初々しい。俺はそれをゆっくりと刺激していった。

「ん、あぁっ……ふぅっ、んっ……！」

指を進め、陰唇の奥……その無垢な膣口をほぐすように触れていく。

「あぅ、ん、はぁ……あぁっ……」

激しい羞恥とともに、感じていくラヴィーネ。

俺はおまんこをくちゅくちゅといじり、愛撫しながらほぐしていった。

「あふっ、ん、あぁっ……！　グロムさんっ、ん、あぁっ……♥」

快感に慣れ、膣がほぐれてくるのに合わせて、彼女の興奮も大きくなっているようだ。

「あうっ、もう、ん、あぁっ……♥」

愛液があふれ出て、しっかりと潤っているのがわかる。

そろそろ、いいだろう。そこで俺は、服を脱いで肉棒を露出させた。

「あっ……♥」

彼女の目が、そそり立つ剛直へと向く。

「ああ……グロムさんの、おちんちん……♥」

期待でさらに、おまんこから蜜があふれてくる。それはものすごくエロい反応だった。

「ああ、いくぞ」

「はい……ください。おちんちん、入れてください」

俺はその先端を、彼女の入り口へとあてがった。早く入りたい気持ちは同じだ。だが……。

「あぅっ……硬いのが、んっ……」

「……力まなくていい……ゆっくりだ」

「ん、はぁぁっ、ん、はい。あぁぁっ……！」

俺は慎重に、腰を進める。亀頭が美少女の秘部に埋まっていく。

つぷり、と処女膜をかき分けて、ついに肉棒がラヴィーネの奥へと進んでいった。

「あっ……ん、くぅっ……！」

初めての異物をきつく締めつける膣襞《ちつひだ》を感じながら、中をこすっていく。

俺は肉竿を奥まで挿れると、一度動きを止めた。

「ん、あぁっ……」

そしてしばらくそのまま待つ。

「んぅっ、あっ、あぁ……グロムさん、んぅ……」

ラヴィーネが喘ぎながら、俺を見つめる。

一糸まとわぬ姿の彼女は、俺の下でその魅力的な身体を小さく動かす。

深呼吸して……それでも体を強張らせ……。しばらくは弱々しく震えていた。

しかしだんだんと緊張が緩み、結合部が火照ってくるのがわかる。

「もう、大丈夫です、動いて……んっ」

「ああ、いくぞ」

彼女の言葉を聞いて、俺は慎重に腰を動かしていく。火照りの元は、溢れる愛液だった。処女の奥から滾々《こんこん》と湧き出てくる愛液に包まれ、肉棒が秘穴をすべりはじめる。

「あふっ、ん、あぁ……グロムさんのが、私の中、動いて、んぁっ♥」

初めて肉棒を受け入れた処女まんこを、ゆっくりと往復していった。

「あぅっ、ん、あぁ……。すごいですっ……グロムさんの、ん、おちんちんが、私の中を……いっぱい、押し広げて、んっ……」

ラヴィーネが気持ちよさそうな声を出していく。まだまだキツいが、快感もあるようだ。

蠕動する膣襞も、俺を受け入れるように肉棒を締めつけてきていた。

拒絶ではなく、快感のための締めつけだ。そんな膣道を俺は、興奮のまま往復していく。

「んはぁっ……あっ、んぅっ……グロムさんっ……♥」

嬌声を上げる彼女の中をこすり上げる。今だけしか味わえない感覚を、刻むように突き込んだ。

「あっ、ん、ふぅっ……♥　あぁっ……私、んぅっ」

彼女の声が大きくなって、牝《めす》の嬌声に変わる。

「んはぁっ♥　あっ、グロムさん、私っ……もう、あっ、ん、はぁっ……。へんです……これ……あっ、ああっ！　イク？　いく……イッちゃいそう……ですっ♥　んはぁっ！」

「う、ああ……いいぞ、それでいいんだ！　イッていい！　チンポでイけ！　出してやる！」

「んはぁぁ……あああぁぁっ！」

俺は腰振りを抑えつつも、力強く奥を突いてやる。まだ敏感なはずの子宮口へと、初めての刺激を送り込んでみた。

「んはぁっ♥　あっ、そこ……あっ♥　ん、ああぁっ！」

彼女はあられもない声を出して、未知の快感に乱れていく。

俺はその震える膣襞を、マーキングするように亀頭のエラでこすり上げていった。

「んはぁっ♥　あっ、もう、イクッ！　ん、あぁっ……！　あっあっ♥　イクッ！　イクイクッ！

イックウウゥウゥウッ！」

「うっ……おおお」

ラヴィーネが絶頂し、ぎゅっと肉棒を締め上げてくる。

初めてなのに、しっかりと精液をねだった本能の動きだ。

「んはぁぁあっ♥　あっあっ♥　すごい、んぅ、あぁっ……！」

「ぐっ、俺も出そうだ」

「あんっ♥　あっ、んはぁっ！　はい……ください！　セーしいっぱい出してくださいぃ……♥」

彼女は嬌声を上げて、そのおまんこを締め上げてくる。

俺も程なく限界を迎え、最後にひと突き、奥まで腰を送り込んだ。

「んはぁぁぁぁっ♥」

「だすぞっ！」

びゅるるっ！　びゅく、びゅくんっ！　俺は彼女の、汚れなき膣内に思いきり射精した。

「んくうぅぅっ♥　あっ、あぁっ……♥　熱いのが、んぁっ、私の奥に、びゅーびゅー出てますっ……！　んぁっ♥　こんなの……あ……またビクって……ああ……でてるぅ……」

「う、あぁ……気持ちいい……最高のおまんこだよ」

絶頂するおまんこに、しっかりと生の中出しを決めていく。

「あふっ……♥　グロムさん……すごいです……想像よりも、んっ、ずっと気持ちよくて、私……あぁっ……♥　おなかに、幸せが溢れてます。せっくす……しちゃったんですね♥」

とろけた表情のラヴィーネ。俺はそんな彼女を見つめながら満足し、肉棒を引き抜いていった。

「あふっ……あ……。抜けるとちょっと……切ないです……くすっ♥」

初めての行為でぐったりとしているが、ラヴィーネも嬉しそうだ。

「グロムさん♥」

彼女は俺の腕の中で、甘えた声を出した。

そしてしばらく、そのまま抱き合っていたのだった。

●

錬金術師としてのレベルも順調に伸び、今日もひとりで素材集めに出ていた。

ひとりでなんて絶対に来られなかった洞窟内も、今なら悠々と進んでいける。

途中、モンスターが飛び出しても安心だ。錬金術で強固な付与を行い、防護を固めた装備がある。

その場に合った武器もたくさん用意しているので、危なげなく戦闘をきり抜けていけた。

俺の装備は、軽さでも扱いやすさでも評判だ。もちろん、自分で使っていてもそう思う。

こうして俺は、モンスター系の素材や、特殊な鉱石などを集めていくのだった。

アイテムの搬送も、高レベルな錬金術による「アイテムボックス」で楽々だ。

現代知識もあって、きっとできると思っていたが、実際に可能だった。

それでもアイテムボックスの製造はさすがに、かなりの素材が必要だった。

魔力も大量に消費してしまうため、そう易々とは作れない。

それにこのアイテムは、いろんなパワーバランスを崩してしまうということで、ネブリナとも相談の上で表沙汰にはせず、販売もしていない。

そのうち、俺のほかにも同じようなことができる錬金術師が出てきたり、もっと簡単に作れるようになったりすれば、表に出してもいいかもしれないがな。

そんなことを考えながら、帰りの道を進んでいく。

靴に「俊足」や「疲労軽減」など、様々な効果を付与してあるため、移動もすごく快適だ。

一見なんてことのない靴だが、これだって、売りに出すとなるとかなりの高額になってしまう。

というか、この靴にしたって、商品として成り立つほど生産できるものではないのだ。

これをパーティー分そろえられれば、冒険者暮らしはかなり楽になるだろうけど。

普通なら数日、条件によっては一週間ぐらいかけて移動しなければいけないクエストでも、日帰りでできるようになるだろう。

日給換算すると、すごい効率だ。売れるだろうけど、これを大量生産できるのはまだ先だ。

結局のところ、ひとりで作っている限りは、俺を中心としたごく狭い範囲だけの改革だ。

世の中全体を変えるほどの供給は、たぶん行えない。現代社会の発展は、やはり産業革命とかで大量生産が可能になったおかげなのだろう。

そう思うと、この先のことを少し悩んでしまう。

とはいえ今は、早く帰宅しよう。俺はそのまま、素早く森を駆け抜けていく。

あたりに人目もないことから、爆速で一気に突き抜けた。

そろそろ街に近くなってきたところで、比較的常識的な速度まで落として走る。

最近は日が暮れるのも早くなってきているので、もうだいぶ薄暗い。

そんな中、前方から争うような声が聞こえてきた。

駆けつけてみると、貴族の馬車が山賊に襲われているようだ。

俺は次の行動を即決し、素早く山賊の前へと躍り出た。

「あん？」

俺を目にした山賊が、こちらを見る。

「護衛って訳でもないし……冒険者か？　しかもひとり……か」

「おうおう、実入りのよくない冒険者に興味はねえから、見逃してやる。見た感じ、戦士じゃねえな。ちょっと待てばパーティーが来るのかもしれないが……」

そう言いながら、山賊のひとりが周囲を探るようにした。

「まだ離れてるみたいだな。そっちはひとり、こっちは十三人もいるぜ。こうなりたいか？」

そう言って、山賊は馬車のそばに転がる死体に目を向けた。

俺も、つられてそちらを見る。

馬車の護衛らしきふたりが、切り伏せられていた。

「一対一、正々堂々ならこいつらのほうが強かったんだろうが……多勢に無勢ってやつだ。お前も半端な実力なら、同じ道をたどることになる」

「だから、こんな見ず知らずの貴族は見なかったことにして、さっさとどっかへいきな」

「お前にだって、俺たちとやり合うメリットなんて、ないだろうしな」

「まあ……な」

確かに、普通の冒険者なら一対十三などという無茶なことをしてまで、通りすがりの貴族を助けるメリットはないかもしれない。

上手くすれば取り立てられたり、莫大な報酬を得られるかもしれないが……。

まあそれなりの額だけで終わることも多いだろうし。

何よりそもそも、普通なら勝ち目はない。

きらびやかな一流冒険者なら、山賊が何人いようと関係ないのかもしれないが、俺の見た目からそうじゃないのはすぐにわかっただろう。

だとすれば、ここで挑むのは無謀だ。俺が普通の冒険者なら……だが。

俺は馬車へと目を向ける。

そこにある家紋は、俺にとってはお得意様である貴族のものだった。

では、見捨てることは出来ないな。まあ、これも一種の言い訳ではあるのだが。

知らない貴族だったとしても、新規の顧客になってくれるかもしれないから、とかなんとか理由をつけただけだろう。

ともあれ、こうして襲われているのを目の当たりにして、そのまま通り過ぎるというのは寝覚めが悪い。そもそも……。

今の俺にはもう、一対複数の戦いは無茶でもなんでもないしな。

確かに冒険者だった頃の俺なら、どうしようもなかっただろう。しかし、今は違うのだ。

「悪いが、見逃すことはできないな。まあ、抵抗せずに投降するなら、この場で命を奪おうとは思わない」

俺は、山賊のさっきのセリフを返すかのように言った。

「ふん……」

山賊たちはバカにしたように鼻を鳴らした。

まあ、それもそうだろう。彼らには選択肢はあまりない。

貴族を襲ったとなれば、捕まったらまず間違いなく死刑だ。

見たところ手にかけたのはまだ護衛だけみたいだが、運がよくても過酷な土地へと送り込まれる。

まあその過酷さというのが、実質的には助からないような場所なのだが。

だから山賊にできるのはもう、俺に挑むか、もしくは逃げだすかだ。

とはいえ、衛兵でもなんでもない俺としては、山賊の捕縛よりも貴族の救出が優先だ。

そう思って目を向けると、山賊たちはやる気らしい。そうなるだろうが、やれやれだな。

「バカなやつだな……正義気取りか？」

「袋だたきにしてやるよ」

そう言いながら、山賊たちが迫ってくる。

「やっちまえ！」

そして一斉に飛びかかってきた。

「ふぅ……」

俺はまず、錬金術の応用で瞬時に地面を変形させる。

山賊たちの目の前に土の壁を隆起させ、進行を防ぐとともに分断していった。

分断してしまえばもう、数の有利は生かせない。元々連中は、すっかり油断して密集していたので、多勢の意味があまりない。

「なんだこれ」

「うわぁっ……」

「わけのわからないことを……」

「魔法使いなのか!?」

山賊たちの混乱した声が響く。

だが、所詮は即席の土壁だ。パワーのある山賊たちは、破壊して突破しようとする。

俺はそこで狙いを絞る。この状況にすぐに反応できた山賊、その中でも壁を破壊できそうな者から優先的に狙い、今度は土の壁を相手に向けて圧縮していく。

「ぐおぉぉっ！」

「うがっ……あっ……」

「ごふっ、うぅ……」

以前なら、パワー負けしていただろうが……。

高レベル錬金術師となった俺の魔力なら、人間を無力化するのはたやすい。

こういった手段なら、それなりの冒険者相手でも、きっと瞬殺だろう。

魔法に無知な山賊程度がどうなるかなんて、考えるまでもなかった。

一分も経たないうちに、勝負はついた。

あまり長引かせたところで、山賊にとっても、馬車の中でおびえているだろう貴族にとってもよくないしな。

山賊をひとひねりにした俺は彼らを拘束したまま、馬車の中へ声をかける。

「大丈夫か？」

貴族相手にため口なのもどうかと思うかもしれないが、基本的にこの世界では、敬語を使うのは一部の商人とかだけなので、こういった状況ならあまり気にされることはない。

「は、はい……あなたは……」

中からは、女の子の声がした。

「ちょうど通りすがった者だ。山賊はもういないぞ」

言いながら、この光景は貴族の、しかも女の子に見せるものじゃないなと思う。

俺は再び術を使い、山賊たちや護衛をそのまま土の中に隠した。

「あ、ありがとうございます……」

馬車の中から現れたのは、きれいなお嬢様だった。

赤い髪に、きらびやかな顔立ち。

今は恐怖もあってか、やや気弱げな表情だが、普段はもっと明るい雰囲気なのだろう。

スタイルもよく、大きな胸がまぶしく揺れている。

どうやら乗っていたのはもう、彼女だけらしい。

「とりあえず危ないし、家まで送っていくよ」

「ありがとうございます……」

彼女はお礼を言うと、護衛のことを訪ねた。見た目よりも気丈な性格なのかもしれないな。

俺も仕方なく、悲しい状況を告げる。

「彼らの遺体は……連れて行こうか」

「大丈夫なのでしょうか？」

彼女は俺へ向けて首をかしげる。

俺がふたりを抱えていく、となると確かに簡単ではなさそうだな。

「ああ、できるよ」

俺は小さめのアイテムボックスに、彼らの遺体を収納した。

「馬車は……」

馬のほうもすでに、山賊に斬られている。

俺は錬金術で作ってあった、馬の代わりになるものをアイテムボックスから取り出した。

自走できる運搬用のアイテムで、もう少し形を変えれば、これだけで車としても使える発明だ。

車で馬車をひくという効率の悪さはあるが、まあ状況が状況だしな。レッカー移動だと思おう。

俺はそのまま、彼女を馬車側に乗せて屋敷へと向かうのだった。

山賊たちは……まあ、あとで考えればいいだろう。


馬車は問題なく、子爵の屋敷に到着した。

俺は屋敷の門番に事情を説明する。

スティーリアの姿を認めた門番のひとりは、俺に礼をした上で彼女を屋敷の中に連れて行く。

そして俺はもうひとりの門番と、そのまましばらく待つことになった。

「お嬢様を助けていただいて、ありがとうございます。……その、護衛の者たちは……？」

「俺が着いたときには、もうやられていた。ふたりの遺体は運んできているが……」

「そうですか……」

門番は肩を落とした。

同じ家に仕える仲間がやられたとあっては、それも無理はないだろう。

もしかしたら、親しい間柄なのかもしれないし。

俺はひとまず、門から少し離れた目立たないところに、護衛たちの遺体を運んだ。

「ああ……」

門番はその姿を見て、声を漏らした。

俺はかけられる言葉もなく、その様子を少し離れて眺めていた。

そうしているうちに、屋敷のほうからは先ほどの門番が戻ってくる。

その横には執事らしき人もいた。

「グロム様、ありがとうございました。主がお待ちですので中にどうぞ」

「あ、ああ……」

執事に導かれて、俺は屋敷の中に入ることになった。

屋敷の中はやはり豪奢で、俺は少し落ち着かないくらいだ。

ネブリナならこういった貴族の屋敷にも出入りしているから、慣れているのだろうが……。

俺はあくまで錬金術師で、アイテムの作成担当だからな。

そんなふうに思いながら案内された先では、子爵が待っていた。

「娘を助けてくれて、本当にありがとう」

子爵はそうお礼を言うのだった。

「そうか、貴方がネブリナ商店のグロムか。今回のことは、感謝してもしきれない。グロムの商品にも日頃からお世話になっているしね。護衛たちのことはまことに残念だが、娘も無事だった。もしよければだが、少しでもくつろいでいってくれ」

そう誘われ、俺はそのまま歓待されることになったのだった。


子爵からの歓待だなんて……。少し前の、冒険者だった頃は考えられなかったことだ。

貴族のお屋敷で料理を出されて、もてなされて……。なんだが夢みたいな時間だった。

屋敷の中には少しだけ、護衛たちへの悲しみがあったようには感じた。それでも使用人たちまでが皆、俺にまっすぐに感謝を陳べてくれた。

そんな現実感のない、豪華な歓待を受けた俺は、馬車で送られて帰路についたのだった。

いつも通りの、ただの素材集めだと思っていたら……。

令嬢であるスティーリアを助けたり、子爵と出会ったり。いろいろとめまぐるしい一日になった。

錬金術師として工房を構えてからは、新しいことばかりだ。

そしてそんな変化を望ましいものだと思いつつ、今日も一日を終えたのだった。

●

そしてそれ以降、俺はスティーリアや子爵に、すっかりと気に入られたようだった。

スティーリアはなぜか、頻繁に工房を訪れるようになっていた。

同じ街だし、危険もないということで、子爵もそれに賛成しているという。

会食のときでも、元から俺の作品のファンだったとまで子爵は言っていた。

そんなこともあってか、彼女は俺の工房に入り浸っているのだった。

「すごいですわ！　みるみるうちにアイテムが」

「そうですよね。グロムさんはすごいんです！」

いつの間にかラヴィーネとも意気投合し、ふたりして俺の仕事を見ているのだった。

まあ、それ自体はかまわない。

爆速レベルアップのおかげで、素材集め中にもさらにレベルアップを繰り返したので、今ではもう、集中力がいるような繊細な作業を行うことはあまりないからな。

むしろ、錬金術でなんとかしてしまったほうが、楽なくらいだ。

炉を定期的に動かすために精製を行うことはあるが、それもわりとフランクなものだ。

彼女たちに見守られながら、俺は工房でアイテムを作り出していく。

しかし改めて考えてみると、すごいことだな。

教会からの使者であるラヴィーネや、貴族のお嬢様であるスティーリア。

冒険者でいた頃なら会うこともかなわなかった子たちと、こうして一緒に過ごし、好意を向けられている。なんだか作業も、楽しくなってきた。

そんなことを考えていると、ネブリナがこちらへとやってきた。

ネブリナもまた、かわいい女の子が好きだということもあり、ラヴィーネ同様にスティーリアのことをかわいがっているようだった。

派手目な美女であるスティーリアは、箱入りのお嬢様だということもあって、どちらかというと周囲からレディーとして扱われることが多かったようだ。

地位もあるし、これだけはっきりした綺麗系だと、大人っぽく見えるしな。

そんな中で、ネブリナに女の子としてかわいがられているのは、まんざらでもないらしい。

彼女は素直に、ネブリナになついていた。

「ネブリナ、もう、くすぐったいですわ……」

ネブリナに抱きしめられ、なでられながらスティーリアが言う。

けれど言葉とは違い、その顔はうれしそうだ。

「うりうりー。お姉さんにもっと甘えていいからね」

「ちょっと、もう……」

猫のようになで回されながら、スティーリアはされるがままになっている。

そんな光景を眩しく眺めながら、アイテムを作っていった。

「グロムさん」

すると俺の前に来て、ラヴィーネが頭をこちらに差し出した。

「かわりに、私をなでますか……?」

「別に猫っかわいがりを、うらやましく思っていたわけじゃないのだが……」

そう言いながら、せっかくなのでラヴィーネをなでる。

「んっ……」

さらさらの金髪に触れると、彼女は気持ちよさそうに目を細めた。

まあ、これはこれでなかなかいいものだ。

俺たちは、そんなふうにノンビリとした時間を過ごすのだった。

●

そして夜になるとまた、ネブリナが部屋を訪れた。

「最近、どんどん賑やかになってきて楽しいわね」

「ああ、そうだな」

ネブリナはスティーリアのことも本当に気に入っており、よく声をかけている。

ラヴィーネのときもそうだったが、彼女は環境への適応が早いのだ。

そういったところも、商才なのかもしれない。

そんなことを考えつつ、しばらく話をしていった。

「ネブリナが誘ってくれたおかげで、店も上手くいってるしな……ありがとう」

「あたしのほうこそ、グロムのおかげでお店も大成功してるもの。こちらこそ感謝してるわよ」

パーティーをクビになったときは、この先どうしようかと思ったものだが……。

結果としては、あの頃より遙かにいい状況にある。

今では、貴族や教会からも信頼を置かれ、必要とされているくらいだしな……。

そんなふうに仕事の話をしていくのだが、まあ夜の部屋に男女ふたり、ということで。

「グロム、ふふっ……♥」

話題が落ち着くと、ネブリナは俺の身体をなでるようにしながら、服に手をかけてくる。

俺も彼女の服に手を伸ばし、脱がせていった。

「あんっ♥」

たゆんっと揺れながら、彼女の爆乳がこぼれ出る。この瞬間が、俺は好きだった。

普段から色気たっぷりのお姉さんという感じのネブリナだが、やはりこの爆乳は、何度目にしてもすごいものだ。

その揺れや大きさに、どうしても目を奪われてしまう。

「グロムは、おっぱい好きよね♪」

その視線に気づいたネブリナが、妖しい笑みを浮かべながら言った。ラヴィーネも言っていたが、ネブリナは俺のおっぱい好きが嬉しいらしい。

「そりゃあな」

言いながら、俺はそのたわわな果実へと手を伸ばす。

「んっ♥」

柔らかな乳房が俺の指を受け止めて、むちっとかたちを変えていく。

「こんなエロい胸、惹かれないはずがないだろ？」

「もうっ、ふふっ♪」

嬉しそうに言いながら、彼女は俺の服を脱がせていった。

「グロムが喜んでくれるなら、それでいいけどね」

そう言った彼女は、自らの胸を強調する。

「それなら今日は、このおっぱいでご奉仕してあげる♪」

そう言った彼女は、爆乳を寄せるようにしながら、俺の股間へとかがみ込んでくる。

「ほら、おちんちんをおっぱいで、むぎゅっ♪」

「おぉ……」

柔らかな乳房に挟まれるのは気持ちがいい。

それに、この光景がもう最高だ。

ネブリナの爆乳。ボリューム感たっぷりのそれが、肉竿を包み込んでいる。

「んっ、しょっ……」

「えいっ♪」

彼女はそのまま両側から、むにゅむにゅと胸を押しつけてきた。

「ああ、いいな……これ」

柔らかさに包まれ、肉竿に血が集まってくる。

「ふふっ、おちんちん、反応してきてる♪」

深い谷間にすっぽりと包まれていた肉竿が、ぐんぐんと成長していく。

「あんっ♥　硬くなって、おっぱいを押し返してきてる♪」

彼女は言いながら、さらに乳圧を高めてくる。

「ふふっ、どんどん大きくなって、あっ♥」

むにゅっと、おっぱいが柔らかくひしゃげる光景は、エロくてとても楽しい。

「あっ♥　ほら、おちんぽ、先っぽから飛び出してきちゃった♪」

谷間からニョキリと亀頭が飛び出してくる。

「先っぽ、よしよし♪」

「おうっ……」

飛び出してきた先端を、彼女がなでていく。

敏感なところをいじられて、思わず声が漏れてしまった。

「ん、しょっ、むにゅむにゅっ♪」

彼女は再びおっぱいを左右から押して、肉棒を圧迫してきた。

「あんっ♥　熱いのが押し返してくる♪」

楽しそうに言いながら、ネブリナは胸を寄せている。

「こうして挟んでいるのも喜んでもらえてるけど……もっと気持ちよくなりたいわよね？」

「ああ、そうだな……」

妖艶な笑みで尋ねる彼女に、うなずく。

「ふふっ」

すると彼女は、一度圧迫をやめ、肉竿を眺める。

「それじゃ、動く前にぬらして、と……あむっ」

「うぉっ……」

彼女はパクリと肉竿の先端を加えると、口内で少し、探るように動かしてくる。

「んむっ、れろ……ちゅぱっ♥」

「ネブリナ……」

「こうやって……れろっ……たっぷりとおちんちんを濡らして……♥　ちゅぷっ……ちろっ、れろろっ……」

彼女は丁寧に肉棒を舐め、濡らしていく。

「れろっ、じゅぷっ……そろそろいいかな？」

彼女は、テラテラと光るようになった肉竿を、再びその乳房に挟みこんだ。

「それじゃ、動くわよ、んっ……」

「ん、しょっ……ふぅっ」

彼女は両手で乳房をささえ、動かし始める。

「おぉ……」

おっぱいを持ち上げるように動かし、肉竿を大きくしごいてくる。

「ん、ふぅっ……♥　すっごく熱くなってる♪」

柔らかな乳房に擦り上げられ、気持ちよさが広がっていく。

「ふぅっ、んっ、しょっ……」

彼女はそのまま、パイズリを続けていく。

「ん、ふぅっ……おちんちん……また熱くなってきた」

おっぱいの柔らかさを堪能し、俺は身を任せつつも興奮していった。

「ん、しょっ、あふっ……硬いおちんちんが、ぐいぐい押し返してきてるね。ほら……」

「うおっ、ネブリナ……」

彼女がむにゅむにゅと、おっぱいを寄せながらしごいてくる。

たっぷりの乳肉が形を変えながら動く姿は、とてもエロい。

「ん、ふぅっ……」

そんな絶景を眺めながら、ご奉仕を受けていく。

「はぁ、ん、ふぅっ……こうして、おちんちんを挟んで動いてるだけで、あたしもどんどんえっちな気分になっちゃう♥」

そう言いながら、彼女はパイズリを続けていく。

「気持ちいい？」

「うっ……。ああ、すごくいいな……」

単純な快感ももちろん、仕事でも優秀な美女にパイズリをしてもらっているという状態が、幸せな気持ちよさを膨らませていく。

「よかった♪」

ネブリナは笑みを浮かべ、胸を動かしていった。

「ん、しょっ……おちんちんの先っぽから、我慢汁が出てきたね」

「ああ。これだけ気持ちよくなっていたらな」

「あたしのおっぱいで、もっともっと感じてね♥」

「おぅっ……！」

彼女はむぎゅつと胸を寄せて乳圧を高めると、速度を上げてしごいてくる。

「ん、しょ、ふぅっ、んっ！」

勢いよくおっぱいを揺らしていくネブリナ。その気持ちよさに、早くも射精感が増してくる。

「ネブリナ、もう……」

「ん、いいよ。あたしのおっぱいで、いっぱいぴゅっぴゅしてね……♥　ん、しょっ……えいっ、ん、はぁっ♥」

「うっ……」

彼女はさらに胸を動かし、俺の射精を促してくる。

たぷんっ、たゆんと揺れるおっぱいに挟まれ、しごかれて、精液が駆け上ってきた。

「う、出るっ……」

そして、その気持ちよさに浸りながら、精液を噴出させた。

「あんっ♥　すごい、あっ。おちんちん、ビクビク跳ねて、熱くてドロドロのせーえきが、んっ、おっぱいにかかってる♥」

飛び出した精液が、彼女の端正な顔と美乳を汚していく。

「ん、すごい……♥　れろっ」

口元まで飛んだ精液を舐めとるネブリナの仕草はとてもエロく、最高だ。

「あふっ、ん、あぁ……♥　濃いの、いっぱい……♥」

精液を浴びながら、妖艶に微笑む。

そんな姿を見せられては、一度出したくらいでは収まらない。

「ね、グロム……」

それは彼女も同じようで、待ちきれない、といった顔でこちらを見上げてきた。

「ネブリナ、ベッドに上がって」

「んっ……」

彼女は精液を拭うと、すぐにベッドへと来る。

俺はそんな彼女を後ろから抱きしめた。

「ん……♥」

そしてそのまま、優しく押し倒していく。

彼女は前傾姿勢になって、お尻を突き出す形になった。

俺はその、足の間へと手を忍ばせていく。

「あんっ、んっ……」

そこはもう十分に濡れており、俺の肉竿を待ちわびていた。

露《あらわ》になったその入り口へ、たぎったままの肉棒を押し当てる。

「あふっ、あぁっ……」

硬い肉棒で、潤んだ割れ目を押し広げていくだけで気持ちいい。

「あぁ、ん、ふぅっ……」

彼女は小さく声を上げながら、それを受け入れてくれる。

「はいって、きてるぅっ……♥」

ぬぷり、と蜜壺の中に、肉竿が抵抗なく沈みこんでいった。

「あふっ、ん、あぁ……♥」

熱くぬめった膣襞《ちつひだ》が、肉棒に絡みついてくる。

「あっ、ん、ふぅっ……」

そのまま俺は、バックで腰を動かしはじめた。

「あんっ、あっ、んっ……大きいおちんぽ、中にきて、あっ、んうぅっ……」

かわいい声を上げなら肉竿を受け入れるネブリナに、そのまま抽送を行っていく。

「ん、はぁっ……♥ グロム、んっ……」

俺は彼女に覆い被さるようにしながら、腰を大きく振っていった。

「あんっ♥ あっ、ん、奥まで、んうぅ……」

俺だけが侵入できる、彼女の深いところまでを肉竿で突いていく。

「あぁっ……ん、はぁっ……」

嬌声を上げて感じているネブリナの後ろから、おっぱいへと手を伸ばした。

「あんっ！　あ、んんっ……！」

むにゅりと鷲づかみ、持ち上げるようにおっぱいを揉んでいく。

「あんっ、あっ、ん、おまんこ突かれながら、おっぱいまで触られたら、んぁっ……あたし……あっ、ああっ……♥」

彼女は声を大きくしながら喘いだ。

「さっきは、この胸に気持ちよくしてもらったしな」

言いながら、むにゅむにゅとおっぱいを揉んでいく。

触れているだけで男が幸せになれる爆乳おっぱいだ。

「んはぁっ……♥　あっ、んっ……！」

ネブリナも声を上げて身もだえていく。

俺はその乳首を、今度は指でつまんでいった。

「んくぅっ♥　あ、乳首は、だめぇっ……♥」

嬌声とともに、膣内がきゅっと締まる。

「あふっ、ん、あぁっ……♥」

蜜壺の奥を突きながら、乳首をくりくりと刺激していく。

「あぁっ……♥　もう、だめっ、あっ、んっ、くぅっ……すぐにイっちゃうっ♥　あっ、んはぁっ、んうぅっ……！」

「ああ、いいぞ、イッて」

俺は腰の速度を上げながら、その敏感乳首をいじっていく。

「あんっ、あっ、ん、はぁっ……♥　もう、だめっ、イクッ！　んはぁっ、イクイクッ、イックウウゥウゥウゥッ！」

びくんと身体を跳ねさせながら、彼女が絶頂を迎える。

「あぁっ……ん、はぁ……」

「ぐ、俺もそろそろ……」

その絶頂の締めつけに促され、スイッチが入ったように俺の快感が膨らんでいった。

興奮に突き動かされるまま、腰を振っていく。

「んはっ♥　あっ、あぁっ……♥　イってるのにぃっ……。いっつもグロムは……あたし……んはぁ、ああっ、イってる、イってるのぉ……！　おまんこ、そんなに突かれたら、んぅっ……」

膣襞がきゅうきゅうと絡みついてきて、精液をねだってくる。

その気持ちよさに耐えきれるはずもなく、俺はあっさりと限界を迎えた。

「このまま出すぞ……！」

びゅくんっ、びゅるるるるっ！

俺は彼女の膣内で大量に射精する。

「んはぁぁぁっ♥　あっ、あああぁっ！　またイクッ、熱いのっびゅるびゅる出されて、んくううぅぅぅっ！」

「うっ……！」

再びイった彼女の膣内が、射精中の肉棒をしっかりと絞り上げてくる。

そのおまんこに搾り取られるまま、精液を残らず吐き出していった。

「あっ……ん、ふくっ……あぁ……♥」

びくんびくんと繋がったまま震え、しばらくするとお互いに深呼吸しながら、ゆっくりと脱力していった。

「あんっ♥」

俺はゆるんだ蜜壺から、萎えはじめた肉棒を引き抜いていく。

「あふっ……」

ふたり一緒に、ベッドへと倒れ込む。

今日も一日、幸福だった。ネブリナと愛し合うと、それを実感する。

俺は汗ばむ彼女を抱きしめ、しばらくは、そのまま過ごしていくのだった。

●

スティーリアが訪れるのも普通になり、すっかりとなじんだ頃。

そんな彼女が工房ではなく、なんと俺の部屋を訪れたのだった。

「どうしたんだ？」

仲良くなったとはいえ、仮にも貴族令嬢だ。

部屋まで来たのは初めてということもあり、俺は彼女に尋ねた。

「その……グロムにお話があって――お話というか……」

快活な普段とは違い、なんだか歯切れの悪いスティーリア。

俺はそんな彼女が話し出すのを待った。

「好きな人にするお礼の仕方がある、というのを聞いたのですわ」

「好きな人に……？」

俺が首をかしげていると、スティーリアは近づき、こちらの服に手をかけてくるのだった。

「グロムも……こういうのは喜んでくれる、と……」

そう言いながら、スティーリアが俺の服を脱がせていく。

「……ネブリナか」

こういうこと吹き込むのは、まず間違いなく彼女だろう。

「そうですわ。ちゃんと、やり方も聞いてきました」

顔を赤くしながら言うスティーリア。

この様子だと、どういう行為かというのもわかった上でのお礼、ということらしい。

そういうことなら、俺もありがたく受けようと思うのだった。

恥じらっているスティーリアはかわいいし、美人なお嬢様のご奉仕なんて、男ならむしろ飛びついてしまうご褒美だろう。

この状況ですぐには襲いかからず、ご奉仕されるがままになろうとしている俺は、理性的なほうだとさえ思える。

そうこうしているうちに、彼女は下着ごとズボンを脱がしていった。

「あっ、これがグロムの……んっ♥」

彼女は興味津々といった様子でペニスを見ている。

まじまじと見られるのは少し恥ずかしさもあるが、それ以上に期待が大きい。

ラヴィーネも初めてだったが、性知識という意味では、スティーリアのほうが未熟な気がする。

ネブリナがある程度は教えただろうが、どんなご奉仕なのかとても楽しみだ。

「えっと、触りますわよ……」

「ああ」

うなずくと、彼女の手がおそるおそる、という感じで肉竿を包み込む。

「わっ……ふにふにしていて……んっ……」

つたない手つきでくにくにと肉竿をいじってくるスティーリア。

お嬢様が興味津々にいじってくるというシチュエーションは、やはり興奮するものだ。

その興奮は当然、彼女が握っている部分に現れてくる。

「ひうっ……あっ、なんだか、んっ、手の中で膨らんできて……これっ……」

彼女は驚きつつも、楽しそうにこちらを見てきた。

「勃起……してきていますわ……♥」

「ああ」

「あうっ……わたくしの手の中で、おちんぽ、どんどん大きくなって……」

彼女は膨らんでいく肉竿をさらにいじってくる。

「あぁ……それに、こんなに硬くなって……♥　手からはみ出してしまいますわ……これが、グロムのおちんぽ……♥」

すっかり大きくなった剛直を握りながら、スティーリアが声をもらす。

「こうして、ゆっくりと手でこすって……」

そのまま、ぎこちない手コキを行っていく。

刺激自体は充分とはいえないものの、それがスティーリアからのものだと思うと興奮した。

「ん、しょっ……」

綺麗なお嬢様が、肉竿をしごいている姿はとてもエロい。

「大きくなったら次はたしか、ん……」

そして彼女は、肉棒へと口を近づけてきた。

「ちゅっ」

「うぉっ……」

そして亀頭に軽くキスをすると、舌を伸ばしてくる。

「れろっ……」

「おぉ……いいぞ」

彼女の舌が、肉棒を軽く舐め始めた。

「ちろっ……んっ……んく」

小さな舌が亀頭へと伸びている光景は、かなりそそる。

「こうやって、おちんぽを舐めると気持ちいい……んですわよね？」

「ああ、そうだぞ。男はみんな、フェラが好きなんだ」

確かめるように、上目遣いで見てくるスティーリアにうなずく。

「それではもっと……れろっ……」

「うっ……おおぉ……」

彼女は健気に舌を伸ばし、肉棒を舐めてくる。

「ん、れろっ……」

スティーリアはちろちろと、小さく舌を動かしていた。

「この、裏筋のところも、れろっ……」

「あっ……くぅ……そこは」

「ここが気持ちいいのですね。れろっ……この、筋に沿って、ちろろっ……」

「うっ、あぁ……そうだ。気持ち良いよ」

彼女は俺のそんな反応を見ながら、フェラを続けていく。

「ちろっ、んっ……おちんちんの先っぽから、れろっ……透明なお汁があふれてきていますわ♥　ん、これが、殿方の感じている証……れろぉっ♥」

「うぁっ……」

ステイーリアは大きく舌を伸ばし、べろりと我慢汁を舐めとってきた。

そのエロい姿に、俺の興奮は増していく。

「あむっ、れろっ、ちろっ……」

彼女は小刻みに舌を動かして、愛撫を続けた。

俺はその奉仕を、一身に受けていく。

「そうしたら次は、お口でしっかりと咥えこんで……あーむっ♪」

「スティーリア、うっ……」

彼女はぱくりと肉棒の先っぽを咥えこんだ。どうやら手順さえも、教えられたとおりに進めているようだな。

「んむっ、じゅぷっ……」

そしてそのまま、頭を前後させてくる。

「あぁ……」

貴族のお嬢様の口に、俺のペニスが出入りしている。

その光景はとても扇情的で、俺をますます興奮させていった。

「あむっ……じゅぶっ……じょぽっ……わたくしのフェラ、気持ちいいですか?」

「ああ、すごくいいぞ……」

「よかったですわ♪　じゅぷっ、じゅぽっ！」

俺が言うと彼女は嬉しそうにして、さらにご奉仕フェラを続けていく。

下品に頭を動かし、肉棒を刺激してくるスティーリア。

そんな彼女に、俺の限界も近づいてくる。

「じゅぷぷっ……♥　ん、ふぅっ、じゅるっ……！」

彼女は俺を追い込むように肉棒をしゃぶり、頭を一生懸命に動かしていく。

「んむっ……じゅるっ……じゅぷぷっ……」

「う、そろそろ……」

「いいですわ。わたくしのお口で気持ちよくなって……♥　いっぱい出してください♪　じゅぷぷっ……じゅぼっ！」

「うっ……」

彼女の初めてのフェラで俺は充分気持ち良くなり、限界を迎える。

「じゅぶぶっ、じゅぽっ、じゅるるっ！」

「出すぞ！」

艶やかな唇が、肉竿をぎゅっと締めつけた。俺はそのまま、彼女の口内に射精する。

「んむっ……!?　ん、んんっ……！」

肉竿が震え、勢いよく精液を放出していく。

「んむっ、ん、んうっ……」

彼女が肉棒から口を離すと、その口元からつーっと精液があふれ、こぼれ落ちる。

「んむっ、ん、ごっくんっ♥」

少しあふれさせつつも、彼女は精液を飲んでしまった。あまり知識のない美少女にそんなことをされると、罪悪感とともに興奮も湧いてくる。

「あふっ……これが、グロムの味ですのね……熱くて、濃くて、すっごいドロドロ……喉にからみついてしまいますわ……」

スティーリアの清楚な口元から精液が垂れている姿は、とても扇情的だ。

そんな彼女に見とれながら、射精の余韻に浸っているのだった。

「ね、グロム……わたくしのここ、すごく熱くなってしまいましたわ……」

そう言いながら、スティーリアは身を起こし、下着を脱いでいった。

そして、スカートをまくり上げるようにして、その秘められた場所を見せてくれる。

「ああ……はしたなく濡れてるよ」

お嬢様のおまんこは、もう愛液をあふれさせていた。

思っていた以上に、彼女はエロい子のようだ。ネブリナの入れ知恵だけでは、ここまで積極的にはならないだろう。

そんな姿を見せられては、肉棒も落ち着かない。

「ふふっ……グロムのおちんぽは、もっとお礼が欲しいみたいですし……」

そう言って、うっとりと剛直を見つめるスティーリア。

「次は、わたくしのここで気持ちよくして差し上げますわ」

そう言った彼女が跨がってくる。

俺は仰向けになり、そんな彼女を待つと、はだけた服のままで腰を下ろしてきた。

「んっ、ふぅっ……これを、わたくしの中に……♥」

彼女は肉竿をつかむと、それを自らの膣口へとあてがった。

「……だいじょうぶ、きっとできますわ。グロム、いきますわよ」

「ああ、無理はするなよ」

「んっ……ふぅっ……」

柔らかな恥丘をかき分けるとすぐに、ぐっと処女膜の抵抗感がくる。

そのままスティーリアが腰を下げてきたので、処女の証を裂くようにしながら肉棒が飲み込まれていった。

「んはぁっ……！」

ぬぷり、と肉棒が秘裂に進入していくのが見える。

狭い膣襞をかき分けながら締めつけられていった。

「ん、はぁ……ふぅっ……」

彼女はそのまま腰を下ろしきり、俺をじっと見る。

「あふっ、入り、ましたわ……」

彼女は嬉しそうに言った。

けれど、さすがにすぐ動くのは難しいらしく、しばらくはそのままじっとしている。

「グロムのおちんぽが……んはぁっ……あぁ……わたくしの中を、いっぱい、押し広げてきて……んっ、すごいですわ」

つい先ほどまで処女だったスティーリアの膣内はとても狭く、異物である肉棒を精いっぱいに締めつけてきている。

それだけでも、俺は充分に気持ちいい。お嬢様に純潔を捧げられた喜びがあふれてきた。

しばらくそうしていると、スティーリアが改めてこちらを見た。

「そろそろ、動きますわ……んっ……」

後ろに手とついた彼女が、そっと腰を動かし始める。

「んくっ、あ、あぁ……♥　すごいですわ……わたくしの中のおちんぽが、んっ……」

スティーリアは腰を前後に動かして、肉棒を刺激してきた。

「うっ……ちょっと、キツすぎるな」

「だってこうして、ん、腰を動かすと……あぁ。おちんぽが中を広げてきてますわ、んぅっ……」

貴族のお嬢様が、俺の上で腰を振っている。快感を求めている。

その姿は美しくも淫らだ。

「あぁ、ん、ふぅっ……お腹の内側がグロムでいっぱいですわ……♥　あ、あぁ……」

お嬢様まんこはしっかりと肉棒を包み込み、きちんと擦り上げてくる。

俺はご奉仕による気持ち良さを受け取りながら、彼女を見上げた。

「ん、はぁ……あぁ……」

身体を動かすのに合わせて、おっぱいも揺れている。

俺はその光景を見上げながら、牡《おす》としての満足感に浸っていった。

「んはぁっ♥ あっ、ん、ふぅっ……」

慣れたのか、彼女の腰ふりは徐々に大きく、激しくなっていく。

「あんっ♥ あっ、すごいっ……わたくしのおまんこが、あっ、んはぁっ……♥ おちんぽに、いっぱい突かれて、んはぁっ……」

嬌声と興奮に合わせて、盛り上がっていく腰ふり。

俺はそんな彼女の腰に手を這わせていった。

「んぅっ、あっ、それ、ちょっとくすぐったくて、あんっ♥」

彼女は気持ちよさそうに言いながら、腰を止めずに動かしていく。

俺は、その細い腰をしっかりとつかんだ。

「グロム、あっ、んぁっ……」

「こっちからも動くぞ」

そして、腰を突き上げる。

「んひぃっ♥ あっ、それ、ダメですわぁっ♥ あぁっ……！」

奥を狙って突くと、彼女がとても敏感に反応する。

これまでは自分のペースで動いていたから少し余裕があったようだが、突き上げられると、さらに嬌声が大きくなっていった。

「んはぁっ♥　あっあっ♥　だめぇっ……！」

膣襞がうねり、絡みついてくる。まだまだ処女らしい狭さなので、無理は出来ない。

俺はその女穴を、慎重にかき回しながら突いていった。

「あぁっ！　んはっ、あああっ……！」

するとすぐに、これまでとは違う嬌声を上げ始める。自分の意思にはない動きに、戸惑っている。

その身体を突き上げて、さらに感じさせていった。

「んはぁっ……♥　あっ、だめですわっ♥　わたくし、んぁ、もう、あうっ……！」

俺の上で乱れるスティーリアは、エロくて最高だった。

その興奮を伝えるように腰を動かしていく。

「んはぁっ……♥　あっ、もう、イクッ！　イッてしまいますわっ……♥　グロムのおちんぽに突き上げられて、あぁっ♥」

「ああ、お嬢さまがイクところを見せてくれ」

そう言ってラストスパートをかける。

「んはぁっ♥　あっあっ♥　だめ、もう、イクッ！　わたくし、あぁっ♥　イクッ、あっあっ♥　イックウウウゥウゥッ！」

「うっ……！」

彼女が絶頂し、その膣道がぎゅっと締まる。

処女穴のきちきちな絶頂締めつけに促されて、俺もそのまま射精した。

「んはあぁぁっ♥　あっ、すごい、ですわっ……♥　熱いのが、わたくしのおまんこに、びゅくびゅくって、あっ、あっ、んぁ……♥」

中出しを受けたスティーリアは全身で震え、膣襞が蠕動していく。

俺もしっかりと、膣内に精液を出し切っていくのだった。

「あうっ……すごかったですわ。わたくし、ん、うっ……」

彼女は腰を上げて、肉棒を引き抜いていく。

スティーリアのおまんこから肉棒が抜けていく様子を、じっと眺めていた。

「あぁ……♥」

すると彼女は、そのまま俺の隣へと倒れ込んできた。

「こんなに気持ちいいなんて……おかしくなってしまいそうですわ」

柔らかく、温かな身体を隣に感じた。

「ね、グロム……これからも、気持ちよくしてくださる？」

「ああ、もちろんだ」

「ふふっ……」

俺が答えると、彼女がぎゅっと力を入れて抱きしめてくる。

たわわなおっぱいが押し当てられるのを感じながら、余韻に浸っていくのだった。

第四章　異変

冒険者パーティーを辞め、ネブリナに誘われてから――。

爆速レベルアップもあり、俺の暮らしはとても上手くいっていた。

ネブリナの手腕もあり、店はすっかり有名になっている。

住民からだけでなく貴族からも受注があるし、これといった後ろ盾のなかった新規の店としては大成功だろう。

嬉しいことに俺は今、ネブリナ、ラヴィーネ、スティーリアといった美女三人に囲まれるハーレム状態だ。

こんなにも幸せでいいのだろうかと思うくらいだった。

昔だって、サボっていたわけじゃない。仲間についていくのに必死だった。なのに、それでもなかなかレベルが上がらず、離されていくばかりの日々……。

うまくいくはずもない。

冒険者としての評価だって、ちょっとレアな職業という以外には、特に目立つことのない存在だったのだ。

それが今ではネブリナの店に工房を構え、かつての自分よりも上位の冒険者たちが、俺のアイテムを競って求めるために店を訪れる。

彼らはもう俺を冒険者として見ることはないが、別の意味では俺を必要としてくれている。

冒険者の頃は、レベル上げに必死になっていた。

だからもう、冒険者だった頃のような辛さはない。

成功したことで、精神的にも余裕があるのかもしれなかった。

爆速レベルアップのおかげで、今の俺はその気になれば、冒険者に戻ることだって可能だろう。

単純な戦力としても、あの頃とはかけ離れている。

だが、立ち位置を移ってみてわかった。

俺には、こっちのほうが向いているのだ。

きっと、冒険者で同じように成功しても、俺はずっと何かに追われ続けていただろう。

確かにこの世界に来たときには、俺も冒険者に憧れていた。

胸躍る冒険を求めていた。

けれど、そういった最初の好きと、続けていくことに向いているかどうかは、きっと別のものなのだ。

だから今は、これでいい。そんなふうに思って、充実した日々を過ごしている。

昼間は工房でアイテムを作り、夜はみんなと愛し合う。最高の毎日じゃないか。

夜になると決まって、俺の元には美女たちが訪れる。

今日は、風呂に入っているところで、ネブリナとスティーリアが来たのだった。

「グロム、背中を流しにきましたわ」

「あたしたちふたりで背中を流してあげる♪」

そう言って、彼女たちが風呂に入ってきた。

お風呂だから当然なのだが、ふたりともその魅力的な肢体を隠すことなくさらしている。

湯気で少しだけ隠れる肌色がなまめかしい。

そしてやはり目を引くのは、その大きなおっぱいだ。

ネブリナの爆乳はみるからに柔らかそうで、包容力にあふれている。

たゆんっと揺れる姿は、それだけで息を飲んでしまうほどだ。

その横を歩くスティーリア。

大きさこそネブリナのほうが勝るものの、スティーリアのおっぱいはつんとしていて、小生意気に存在を主張しており、そのハリを感じさせる。

そんな彼女たちが、俺のほうへと近づいてきた。

「それじゃ、さっそく始めるわね」

そう言って、彼女たちは石けんを泡立てていく。

「あ、ああ……」

俺は状況に流されてうなずきつつ、そんな彼女たちを眺めるのだった。

こうして裸の美女ふたりを眺めるというのは、なかなかにいい光景だ。

「そんなにじっと見られると、恥ずかしいですわ……」

スティーリアはそう言って恥じらう。

その姿は愛らしく、余計に俺を興奮させるのだった。

「ふふっ、恥ずかしがってるスティーリア、かわいいわね。えいっ♪」

「ひゃうっ！」

そんな彼女に、ネブリナがちょっかいをかける。

「柔らかくて気持ちいいわね♪」

ネブリナは、後ろからスティーリアの胸をわしづかみにし、揉んでいく。

「あっ、やめっ、んっ……」

「もう、ネブリナ……あぁっ……」

むにゅむにゅと、手の動きに合わせて形を変えていくおっぱい。

ネブリナの指の隙間から、スティーリアの乳肉がはみ出しているのがとてもエロい。

「ネブリナ、わたくしじゃなくて、あっ……グロムを気持ちよくするって話では……ん、ふぅっ……

もう、あぁ……」

「そうだけどね……ほら、見て？　ネブリナがおっぱい揉まれて感じてるのを見て、グロムも喜んでるわよ？」

まあ、実際眼福なので、俺はうなずいた。

先に石けんを泡立てていたことで、スティーリアのおっぱいは泡に包まれている。

その泡まみれおっぱいが形を変えているのは、非日常的なエロさもあった。

「あっ、やっ……そんな、んっ、見られたら、恥ずかしいですわっ……ん、ふぅっ……やめっ、あっ、んっ……」

俺の視線を受けて、スティーリアは顔を赤らめながら背けた。

だがもちろん、そんな反応をされれば滾《たぎ》る一方だ。

ネブリナもそれをわかっており、さらにスティーリアを言葉責めにしていく。

「グロムも喜んでくれてるし、いいよね？」

「あうっ、あっ……んんっ……ダメですわっ……これでは、わたくしが、んっ、はぁ……あぅっ、んんっ……」

ネブリナに愛撫され、女同士でも感じているスティーリア。

そんな姿を見ているだけでも、十分に満足だと言えた。

もちろん直接的な刺激と比べるようなものではないが、こういうのもかなり新鮮だ。

「ほら、んっ、ちゃんと予定通りやりますわよ」

「はーい」

スティーリアが言うと、ネブリナもおとなしく従った。

そして彼女たちは、俺のほうへと向き直る。

「それでは、グロムの身体を洗っていきますわ」

「あたしたちのおっぱいでね♪」

そう言って、彼女たちは左右から俺を挟み込んだ。

「まずは腕から、えいっ」

「うおっ……」

ネブリナが、俺の腕におっぱいを押しつけてくる。

泡まみれのおっぱいが押し当てられて、つるんっ、むにゅんっと腕を包み込んでくる。

「わたくしも、えいっ」

むにょんっ。

今度は反対側から、スティーリアのおっぱいが腕を包み込んできた。

左右から美女が寄り添い、そのおっぱいで俺を刺激してくる。

その気持ちよさと豪華感に、全身が包み込まれた気分だ。

「んしょっ……」

スティーリアが身体を動かすと、おっぱいが柔らかく腕をこすってくる。

「ん、ふぅっ……♥」

先ほど揉まれていて敏感になっているのか、スティーリアが色っぽい声を漏らした。

その声が風呂で反響し、よりエロく聞こえてくる。

「ふふっ♪　あたしも、えいっえいっ♪」

「おお……」

ネブリナも身体を動かして、腕におっぱいを押しつけてくる。

「こうやって、んっ♥」

彼女のほうは、より自覚的でエロい動きだ。

「ん、ふふっ、どう？」

「ああ、すごくいいな」

「わたくしも、あっ、んっ……♥」

こちらを意識させるネブリナの動きと、一生懸命といった様子のスティーリアの動き。

そして、両側から押し当てられるおっぱいの気持ちよさ。

「ん、しょっ……」

「ふぅ、ん、あぁ……♥」

俺はその心地よさを感じながら、腕を泡まみれにされていく。

「ほら、スティーリア、見て……」

「どうしました？」

声をかけられた彼女が聞き返すと、ネブリナが視線を下へと向ける。

「グロムが喜んでくれてるみたい。おっぱいで、んっ、こうやって腕をむにゅむにゅされて、おちんちん大きくなってる♥」

「あっ♪　本当ですわ。もうこんなに……」

「うぉっ……」

両側からおっぱいを当てられて刺激され、俺の肉竿には当然血が集まっていた。

その剛直に、ステイーリアの手が伸びてくる。

泡まみれの手が、ぬるぬると肉棒をこすってきた。

「もうこんなに硬く……♥」

「スティーリア、うっ……」

「大事なところだから、ちゃんと洗わないといけませんわ♥　ほらぁっ♥　しこしこっ、しゅっしゅっ……♥」

「あぁ……」

泡まみれの手にしごかれて、どんどんと気持ちよくなってしまう。

「ふふっ、えいっ♪」

その間も、両側からおっぱいを当てられているのだ。

美女ふたりに挟まれ、おっぱいを押し当てられながらの手コキ。

そんなの、感じないはずがなかった。

「ん、ふぅっ、しゅっしゅっ、しーこ、しーこっ」

「ほら、おっぱいももっと、ん、ふぅっ……♥」

左右からの誘惑で、俺を高まっていく。

「あうっ……もう我慢できませんわ。腕も洗えましたし、次は正面を、んっ……」

そう言って、スティーリアが動く。

「それじゃ、あたしは後ろかな」

ネブリナも一度離れ、後ろへと回った。

まずは、スティーリアが俺に跨がるようにしてくる。

座っている俺の正面に立つ形になるので、目の前でそのたわわなおっぱいが揺れた。

俺は当然、その膨らみへと手を伸ばす。

「あんっ♥」

正面からむにゅりとおっぱいを揉むと、スティーリアが色っぽい声をもらした。

「ダメですわ、んっ……」

そう言いながらも、彼女は逃げずに、むしろもっとおねだりするように前に出た。

俺はそのまま、彼女のおっぱいを楽しんでいく。

「ん、ふぅっ……あぁっ……♥　グロムの手は大きくて、ごつごつしてて、男の人って感じがしますわ……んっ♥」

先ほどネブリナに揉まれていたときと、比べているのだろう。

柔らかな双丘を揉んでいくと、スティーリアが肉竿へと手を伸ばしてきた。

「ん、はぁ、あぁ……♥　今日もわたくしのここに、グロムのおちんぽを、いっぱい入れてください……♥」

そう言って、彼女はもう片方の手で、自らの割れ目をくぱぁっと広げていく。

そこはもうすっかりと濡れており、女の匂いを漂わせていた。

「あふっ、んっ……」

そして、スティーリアはそのまま、俺の上に腰を下ろしてくる。

「あ、あぁっ♥」

自分で膣口に肉棒をあてがい、そのまま挿入していく。

「んぁっ……おちんぽ、入ってくるっ……♥」

ぬぷり、と肉竿が膣内に沈んでいった。

熱くぬめった膣襞《ちつひだ》が肉棒を受け入れ、優しく包み込んだ。

「あぁっ♥ ん、はぁ……」

対面座位のかたちでつながり、スティーリアが抱きついてくる。

「あたしは、背中を洗っていくわね。えいっ♪」

「おぉ……」

そして後ろからはネブリナが抱きついてきた。

柔らかなおっぱいが、背中にむにゅりと押し当てられて気持ちがいい。

「あぅっ、ん、あぁ……」

「ふふっ♪」

彼女たちに前後から抱きつかれ、今度こそ全身を柔らかさに包まれる。

やはりおっぱいの存在感は強く、むにゅむにゅと前後から押しつけられるのは最高だ。

「それじゃ、動きますわ……んっ、はぁ……」

スティーリアが宣言し、腰を動かし始める。

「それじゃあたしも、ん、ふぅっ……」

そして背中側からは、ネブリナがおっぱいを押しつけながら動き始めた。

「ん、ふぅ、あ、あぁ……♥」

抱きついたままで腰を動かし、スティーリアが甘い声を漏らしていく。

膣襞が肉棒に絡みついて、気持ちがいい。

快楽に浸っていると、後ろから抱きついているネブリナが、俺の耳元でささやいた。

「密着してるあたしたちの身体、いっぱい感じてね」

そう言いながら抱きつく腕に力を込め、ぎゅっと身体が押し当てられる。

背中にネブリナの柔らかなおっぱいがこすれて、とても気持ちいい。

「あっ♥　ん、ふうっ……」

「ん、しょっ。えいっ♪」

ふたりが同調して身体を動かし、俺に快感を与えてくる。

「ん、はぁっ、あぁっ……♥」

セックスに慣れ始めたスティーリアはぐいぐい腰を振り、膣襞が肉竿をしごき上げてくる。

「ん、しょっ、んっ♥」

その間にも、ネブリナのおっぱいが俺の背中を柔らかくこすり上げていた。

「あふっ、ん、おちんぽが、わたくしの中を、んっ……はぁ、あっ、んはぁっ♥」

「う、スティーリア」

膣襞が蠢き、肉棒を締めつける。その反応はスティーリアのほうも感じさせるのか、お互いにさらに高まっていった。

「んはぁっ♥　あっ、んっ……ん、しょっ、ふぅっ♥」

ぎゅうぎゅうと背中に押し当てられ、ネブリナのおっぱいも最高だ。

立ってきた乳首がこすれると、ネブリナもちゃんと快感を得ているみたいだ。

俺は前後を美女に包み込まれ、快感に押し流されていった。

「んはぁっ♥　あ、ん、ふぅっ……グロム、あぁっ……♥　わたくし、そろそろ、んっ……あふっ、イッちゃいそうですわっ……」

「ああ……いいぞ……俺もそろそろ、うっ……」

「あぁっ♥　あっ、ん、くぅっ！」

スティーリアの腰遣いが激しくなり、膣襞がうねる。

「んうぅっ♥　あっ、んんっ！」

抱きつきながら腰を振っていくスティーリア。

「あぁっ……♥　もう、ん、あぁっ……♥　わたくし、あっあっ♥　イクッ！　イクイクッ！　イックウウウゥウゥウッ！」

「うおっ……出る！」

びゅくんっ！　びゅるるるるっ！　彼女に合わせるように、俺も射精した。

「んはあぁぁっ♥」

絶頂おまんこに中出しを受けて、スティーリアがさらに嬌声を上げる。

うねり、精液を絞ってくる膣内に、しっかりと注ぎ込んでいく。

「あぁっ……♥　ん、はぁ、ああっ……」

スティーリアはしなだれかかるように俺に身体を預け、力を抜いていく。

「んぅっ……♥」

それでもおまんこだけはまだしっかりと肉棒を咥えこみ、淫らに動いているのだった。

「あぁ……♥　ん、ふぅっ……」

俺はそんな彼女を抱きしめながら、しばらくじっと支えてやる。

「ふたりとも、あまりここにいると身体が冷えちゃうわよ」

そう言ってネブリナがお湯をかけて、俺たちを温めつつ清めてくれるのだった。

●

またある日は、スティーリアが部屋を訪れてきた。

「今日はわたくしだけと、いちゃいちゃしましょうね♪」

そう言った彼女が、抱きついてくる。

性急なお嬢様を受け止めると、その身体の柔らかさと、いい匂いを感じた。

「わたくしも、ここに住みたいですわ」

「俺としてはそれも楽しいと思うが……そうもいかないよな」

貴族であるスティーリアは、気軽に動くことはできない。

といっても、かなりの頻度でこちらに通ってきてはいるのだが。

それでもやはり、ネブリナやラヴィーネほど一緒にはいられない。

「そうですわね……でも……」

そう言いながら、彼女が俺の身体をなでてくる。

「もう少しして、結婚できるようになれば、一緒に住めますわね♥」

いたずらっぽく笑うスティーリア。

「そうだな」

この世界での俺は出身不明の平民で、この前までは無名の冒険者だった。

子爵家の娘であるスティーリアとは、接点など持ちようがなかったのだ。

けれど今は、頭角を現した錬金術師として、貴族の間でも話題になっている。

自分でも信じられないが、他の地域などからも勧誘が来て、取り合いが起こっているほどだ。

そんな状態の今なら、婚姻の可能性は十分にある。

スティーリアは、子爵家の跡継ぎではないしな。

こうして彼女と一緒に過ごせることを含め、すごい環境の変化だった。

「それじゃ、将来の旦那様をいっぱい喜ばせてさしあげますわね♪」

そう言いながら、スティーリアは俺の元にかがみ込んできた。

「すっかり、えっちな女の子になってしまったな」

そう言うと、彼女は妖艶な笑みを浮かべながら尋ねてくる。

「でも、グロムはえっちな女の子、大好きでしょう？」

言いながらもズボンを脱がし、肉竿を取り出していく彼女。

「ああ、最高だな」

そう答えると、彼女は笑った。

「それなら、もっとえっちになって差し上げますわ♥」

彼女はそう言うと、肉竿を軽くいじってきた。

「あーむっ♥」

「おぉ……」

まだ万全ではない肉棒を、ぱくりと咥え込んでしまう。

「あむっ、じゅるっ……この状態だと柔らかいですわね……」

そう言いながら、舌を使い、口内でペニスを転がすようにいじっていく。

「うっ……」

温かな口内でいじられ、血が集まってくる。

「んむっ……ふふっ、おちんちん、んぁっ……わたくしのお口のなかで、どんどん大きくなってきますわ……♥　あむっ、じゅるっ……」

そこで彼女は一度、肉棒を口から出す。

「あぁ♥　すっかりたくましいおちんぽになりましたわね♪　れろっ……」

そう言って、舌を伸ばして舐めてくる。

「れろっ。ちろっ……」

彼女の舌が丹念に、肉竿をなめ回していく。

「ちろっ……んむっ……裏筋のところを……れろっ……舌先で、ちろっ、ぺろろっ！」

「スティーリア……」

「んむっ、れろっ……ひゃい、らんなさま……いひゃがれすか……ぴちゅっ」

彼女は奉仕するように、しっかりと肉棒を舐めていく。

「ん……ぷはっ……。膨らんだカリの裏側を、ぺろっ……」

舐め回すその舌に、快感をゆだねていく。

「ぺろっ、こうして、舌を這わせて……んむっ……」

「ああ……そこっ……！」

「あむっ、じゅるっ……ここですね……れろ」

俺は悶え、そんなスティーリアの頭を軽くなでていく。

「んっ……♥　ちゅっ、れろっ……」

彼女は気持ち良さそうに笑みを浮かべると、肉竿へと舌を這わせていった。

「たくましいおちんぽ……♥　グロムの、雄の匂いがしますわ……れろっ。ちろっ……こんなおちんぽを間近にしていると、それだけで、んっ……」

彼女はもじもじと身体を揺らしながら言った。

その誘うような仕草はとてもエロく、俺を興奮させる。

「れろっ。ちろろっ……」

スティーリアは肉棒を舐めて興奮し、俺はその気持ちよさに浸って高まる。

「あむっ、ちろっ……ガチガチのおちんぽ……♥　舌を這わせて、れろっ……ちろっ……こうして、根元まで、れろろっ……」

「うっ……」

肉棒を舐め上げていく彼女。その快感に、欲望が下腹部で渦巻いていく。

「あふっ……ちゅっ♥　先っぽからこんなに我慢汁をあふれさせて……わたくしのフェラ、気持ちいいのですか？」

「ああ、すごくいいな」

「ふふっ♥　ではもっと、れろっ、ぺろろっ……」

俺が認めると、彼女はさらに大きく舌を使い、肉棒を舐めてきた。

「れろろっ。ちろっ、ぺろっ……」

高貴なお嬢様が下品なほど舌を伸ばしてチンポを舐めている姿は、とても興奮する。

「れろっ、ちゅぷっ……」

我慢汁を舐めとり、愛撫を行う彼女が、妖艶な笑みを浮かべた。

「ガチガチのおちんぽ……もっと気持ち良くしてさしあげますわ♪」

そう言って、肉竿の根元を手で支えながら口を開ける。

「あーむっ♥」

そして、パクリと先端を咥えこんだ。

「れろっ、じゅぷっ……」

頭を前に進め、肉竿を飲み込んでいく。

「じゅぷっ……ちゅぱっ……」

唇や口内が肉棒を擦り、最高に気持ちがいい。

「れろっ、じゅぷ、ちゅぱっ……」

「ああ……」

奥まで肉棒を咥えこむと、鼻の下が伸びて、下品なフェラ顔になる。

それがまたエロく、興奮した。

「じゅぽっ……じゅぷっ、ちゅぱっ……」

その気持ちよさに浸りながら、フェラを受けていく。

「じゅぷぷっ、じゅぽっ……あふっ……」

彼女はいらやしく肉棒を咥えこみながら、俺を見上げる。

その上目遣いに興奮が増し、先を促すように腰を揺する。

「んむっ、もっと激しくしますわね♥」

スティーリアは俺の腰をつかむと、頭を大きく動かしていった。

「じゅぷっ、じゅぼっ、ちゅばっ……！」

より深くまで肉棒を飲み込みながら、舌愛撫を続けていく。

「んむっ、じゅぼっ♥」

「うっ……くう」

大きな快感に思わず腰を引きそうになるが、スティーリアはがっしりと俺の腰をつかんで逃がさない。

「じゅぶっ、じょぼっ、ちゅばっ♥」

「あぁっ……！」

そしてさらに激しく、愛情たっぷりなフェラを行ってくるのだった。

「じゅぶぶっ、ちゅばっ、じゅぼっ……♥」

その激しいフェラに、射精欲が一気に増してくる。

「んむっじゅぼっ……。んぁっ、吸いついて、じゅるるるっ！」

「うぁ……！」

彼女のバキュームに俺は追い詰められていった。

「じゅぶぶっ、じゅぼっ、ちゅばっ！　じゅるるるっ……じゅぼっ♥　じゅぶじゅぶっ、ちゅうぅぅっ……」

激しく吸いつきながら、指でも肉竿をしごいてくる。

「く、あぁ……そろそろ……」

「じゅぼっ、チュぶっ……ん、いいですわよ……わたくしのフェラで、ちゅぼっ、ちゅうぅっ……いっぱい、おくちまんこに出してください。じゅぶぶぶっ！」

「ぐ、あぁ……」

「じゅぶじゅぶっ！　じょぼっ、ちゅぼっ、じゅるる……！」

勢いよく吸いつき、頭を動かすスティーリア。その激しいフェラに、俺は限界を迎える。

「じゅぶっ、じゅるるるっ！　ちゅぼっ、じゅぶっ、んぁ、おちんぽの先、膨らんで……じゅるるるっ！」

「ぐっ、出るっ……！」

「じゅぼじゅぼじゅぼじゅぼっ！　れろろっ、ちゅううぅっ！　じゅぶじゅぶ！　じゅぼっ、じゅぶぶぶぶっ♥」

「出すぞ！」

「じゅぶじゅぶじゅぶじゅぶっ♥　じゅるるっ……んむっ、じゅぼじゅぼっ、ちゅぽっ♥　じゅぞぞぞぞっ！」

最後に激しくバキュームされながら、俺は射精した。

「んんっ!?　ん、んむっ、ちゅううぅっ♥」

「う、あぁ……！」

小さな口で射精を受け止めた彼女だが、さらに吸いついてきた。

「ちゅう、じゅるっ、んくっ……」

射精中の肉棒を吸われた上、精液を飲むための動きでますます刺激されながら、その快楽に俺は力を抜いていく。

「んむ、ん、こくっ……ごっくん♪　あふぅ……」

「ああ……ぜんぶ飲まれてしまったな」

やりきったように、彼女はようやく肉棒を離してくれる。

「あふっ、ん、あぁ……♥　グロム……」

彼女は色っぽい表情でこちらを見つめた。フェラですっかりとスイッチが入っているようだ。

「ん、ふぅっ……」

そんな彼女が身を起こし、俺を押し倒す。

何度も肌を重ね、その裸を見る機会にも恵まれているが……。

下からスカートの中を見上げるのは、それとは違った興奮がある。

彼女の下着は、もう濡れて秘裂に張りついていた。

秘めたる場所の形を赤裸々に伝えてしまっている。

「ん、ふぅっ……」

スティーリアはスカートをまくり上げるようにしてから、手を入れて下着を下ろしていく。

　するすると下着が降り、女のフェロモンが香った。

　濡れたその花弁が、蜜をあふれさせているのだ。

「グロム、んっ……」

　彼女はやや後ろに位置を変え、ゆっくりと腰を下ろしてくる。近づくにつれ、その花びらがいやらしく開いていくのが見える。

　そしてその魅惑的な花弁が、そっと肉竿へと触れた。

「ん、はぁっ……」

　くちゅり、といやらしい水音が響く。

　スティーリアは肉竿を支えながら腰を下ろし、自らの中へと導いていった。

「ん、はぁ……あぁ♥」

　ぬぷり、と肉棒が蜜壺に収まっていく。

　膣襞をかき分け、奥へ。

「ん、はぁっ、あっ、んっ……硬いの、わたくしの中に、んっ♥」

　彼女は気持ちよさそうに言うと、俺を見下ろした。

　騎乗位の姿勢でこちらを見る彼女は、年齢以上に色っぽい。

「ん、はぁっ……動きますわ……」

　そう言って、ゆっくりと腰を動かし始める。

「ん、あぁっ……ふぅっ……」

なまめかしく腰を動かす彼女の姿を、じっと見つめて楽しむ。

「あっ、ん、はぁっ……♥」

自分で腰を動かしながら、あえいでいく彼女。興奮するシチュエーションだ。

「んうっ……♥　ふぅ、あ、あぁっ……！」

腰を振るのに合わせて揺れるおっぱいを見上げた。

「あぁっ♥　ん、ふぅっ……」

こうして見上げるおっぱいは、普段以上にボリュームを感じる。

「あふっ、ん、あんっ♥　グロム、んぅっ……！」

俺は果実へと手を伸ばし、もにゅっと掴む。

「んぅっ♥　ふぅっ、あぁっ……」

重力に逆らうようにして、その大きなおっぱいの存在を感じながら揉んでいく。

「あふっ、ん、あぁっ……♥」

スティーリアは胸への愛撫で感じながら、腰を動かしていった。

「んはぁっ♥　あっ、んんっ……」

おっぱいもおまんこも堪能しながら、快感を受けとっていく。

「んぁ、ふぅっ、ん、あぁっ……」

俺専用へと成長中の膣襞《ちつひだ》が肉棒を擦り上げ、快感を高めていく。

「あふっ、ん、あぁっ……わたくし、ん、はぁっ……♥　すっごく感じてしまいますわ……あっ、そこ、んっ……」

たわわの頂点でつんとすましている乳首をつまむと、スティーリアが反応して膣襞もきゅっと締まった。

「あふんっ……！　ん、あぁっ……」

俺は乳首をいじりながら彼女を見上げる。

「ん、はぁっ……あぁっ……わたくし、もう、ん、あぁっ……」

「イキそうなのか？」

尋ねると、素直にうなずいた。

「そうですわっ……♥　ん、こんなにも、あふっ、おちんぽに突かれて、あっ、んっ……」

「そうか」

そういうことなら、と俺は乳首から手を離し、彼女の腰をつかむ。

「グロム……？　んくぅっ♥」

そして下から勢いよく、腰を突き上げていった。

「んはぁっ！　あっ、んぁっ……あんっ♥　あふっ、ん、あぁっ……♥」

彼女は喘ぎながら、エロい感じ顔で俺を見つめてくる。

「んぅっ♥　あ、下から……あ、んぁっ、いっぱい突き上げられて、ん、くぅっ……！」

高ぶる彼女の声がどんどん大きくなっていく。

「んはぁっ♥　あっ、ん、はぁっ……♥　もう、だめぇっ……♥　んぁ、あぁっ、気持ちよすぎて、んあ、あうっ……！」

俺は気をよくして、さらに勢いよく腰を突き上げていった。

「あふぅっ♥」

蠕動する膣襞が絡みつき、肉棒を締め上げてくる。

「あぁっ……♥　ん、はぁっ、わたくし、あっ、もう、イクッ！　ん、はぁっ……」

嬌声を上げる彼女のおまんこを、くじるようにかき回していった。

「あっあっ♥　もう、んぁ、あふっ、んぁ、イクッ！　んはぁっ、あぁっ、イクイクッ！　イックウウゥウゥッ！」

「ぐ、うぅっ……」

彼女が背中をのけぞらせながら絶頂を迎えた。膣内が収縮し、肉棒を締め上げる。

「あぁあっ♥　んん、はぁ、んぁっ……！」

うねる膣襞に射精を促され、俺も限界を迎えた。

「出すぞ！　ぐっ……！」

どびゅっ、びゅるるるるっ！

中出し以外に、もうなにも考えられない。彼女の中に、たくさんの精を放っていく。

「んくうぅっ♥　あ、あぁっ……グロムのせーえき、熱くて濃いのが、わたくしの中に、いっぱい、んはあぁっ♥」

中出しでさらに感じているスティーリア。貪欲に求めてくる膣襞に、肉棒が絞られていく。

「あふっ……ん、あぁ……♥」

うっとりと声を漏らしながら、スティーリアが徐々に脱力していった。

「グロム、んっ……わたくし……ずっとご奉仕いたしますわね」

とろけた表情をしながら、俺に微笑む。

そんな彼女への愛しさを感じながら、しばらくそのまま抱き合うのだった。

●

そうして夜はいちゃいちゃ、昼は工房でアイテム作成に没頭する俺の生活は、それでも順調に進んでいる。

しかしどうやら、街の外では大きな問題が起きていたようだ。

なんでも、街から比較的近い位置にある森に、本来は存在するはずのないドラゴンが現れたらしいのだ。

こういったことは、たまにある。

普段は生息していない強いモンスターが、何らかの理由で流れてくるのだ。

モンスター同士で縄張り争いが起こっただとか、生息地に別のモンスターが流れてきたとかで、そういったことが起きるらしい。

多いのは、その地域の冒険者の数が減って、狩る速度が落ちた結果、モンスターの数が増えてしまったというケースだ。

場合によってはじりじりと増えていくので、なかなか気づけなかったりもする。

大体の場合においてそれは、街から少し離れた位置で発覚する。冒険者の活躍もあって、強力なモンスターの生息地はもともと、街からはだいぶ離れているからだ。

なので、街で暮らす人にとっては大きな影響がないケースが多い。

しかしそれは、冒険者や行商人にとっては、かなり危険な状態である。知らずにうっかり近づいてしまったら、もちろん襲われることになるだろう。

そのため、強いモンスターが出た場合は即座に対策がとられることになっていた。

通常の場合は普通にクエストとして発注され、どこかのパーティーが狩ってしまえば終わり、ということになる。

目標の数が多ければ、複数パーティーにそれぞれ依頼を受注してもらうというかたちだ。

たいした騒ぎにもならずに終わるため、街の人はまるで気づかないなんてこともある。

移動距離が短く、さらに報酬に色もつくため、なかなかにおいしいクエストでもある。

ただ今回の場合は、対象のモンスターがドラゴンだったために、ギルドは大騒ぎになってしまった。そこから街中にも噂が広がってしまう。

ドラゴンが出ているのは森の中だ。

俺も含め、街中だけで暮らす人々が実際に目にすることはまずないだろう。

しかし、街にいれば必ず冒険者との接点はあるわけだし、彼らのピリピリとした空気は感じる。

住民たちにも、徐々に不安は広がっていた。

それにドラゴンが森に居座れば、それに押し出されるようにモンスターが浅いところへと移動し、弱いクラスのモンスターは街のほうまで来る恐れがある。

住民でも俺のように元冒険者なら、最弱クラスのモンスターくらいなら自衛できるだろう。

だが、子供や女性たちはどんなモンスターでも十分に危ない。

それもあって、冒険者ギルドは早急な対応に迫られていた。

ドラゴン討伐のために今、複数のパーティーを集めているところのようだ。

しかしこの街は本来平和なほうなので、ドラゴンに対応できるような高位パーティーはいない。

もっと戦闘の激しい地域から呼んでくるとなると、時間がかかってしまう。

そのため、なるべく多くのパーティーで協力して討伐しよう、ということになったようだった。

「グロム、お願いがあるんだ」

そこで俺の元に、ギルドの職員が訪れてきた。

冒険者だったころからの顔なじみで、今では俺の顧客でもある。

「対ドラゴンということで、強力なバフアイテムを作ってほしい」

「ああ、わかった。どういうものが必要か教えてくれ」

「助かるよ」

ギルド職員は、ドラゴン討伐に向かうパーティーたちそれぞれの得意分野や弱点を踏まえて、状況を話してくれた。

それを元に、俺のほうからアイテムの提案を行う。

ドラゴン相手となると、普段とは違ったアイテムが必要になるだろう。

それらの素材の在庫などもふまえて、ギルド職員とアイテム選定を行った。

ドラゴンに早く対応しないと、他のモンスターの襲撃が起こりかねない。

そのために、なるべく急いで討伐に出るようだ。

だから制作に時間はかけられない。

そのあたりも考慮した上で、最善となるように設定した。

「それじゃ、頼むぞ」

「ああ、わかった」

俺はギルド職員を見送り、さっそくアイテム制作に取りかかる。

俺は普段よりもかなりハイペースに、アイテムを作っていく。爆速レベルアップのおかげで潤沢になった魔力をフル動員して、バフアイテムの作成に取りかかっていった。

工房全体が、魔方陣の淡い光に包まれる。

それぞれの錬金術が作用し、アイテムを制作していく。

俺は、身体から絶えず流れ出ていく魔力と、次々に術式を編んでいく錬金術とでだんだんと意識が希薄になっていった。

ひたすらに作業に没頭し、アイテムを制作していく。

時間の感覚さえ曖昧な中で、ただただアイテムを作り続けた。

それはこの仕事を始めてから、初めて感じる全力の疲労だったかもしれない。

爆速レベルアップのおかげで、いろんなことに余裕が出てきていた。

そのせいか、思いっきり何かをするなんてことは、なくなっていたようだ。

こうして集中状態に入ることで、それを実感した。

冴えつつもどこか意識のぼやけた頭が、それでも次々に錬金術の術式を打ち出す。

なまりきっていた体内に、魔力が駆け巡っていくのを感じた。

かつての俺では決して扱えなかったほどの量の魔力。

それが極めてスムーズに流れていく。

冒険者時代のクセや経験で、半ばセーブされていた力が、しっかりと発揮されていく。

そして――。

ふと意識が戻ったとき、アイテムはしっかりと完成していた。

工房を出ると、時間も相応に経っていたのを実感する。

すっかり力を使い果たして、心地よい疲労感に包み込まれていた。

俺はネブリナにアイテムの詳細を話して納品を任せ、一足先に休むことにしたのだった。

●

冒険者のグループが出発していった昼過ぎ。

ここまで来るともう、俺にできることはなにもない。

彼らが無事にドラゴンを討伐して戻ってくることを祈るくらいだ。

バフアイテムのために一度魔力を使い切ったこともあって、今日は店の仕事を休みにしてある。

けれど予想外なことに、休んですぐに魔力もかなり回復していた。

どうやらレベルアップの効果は、こんなところにも現れているらしい。

思ったより元気になった俺は、軽くストレッチなどをしていた。

ドラゴン討伐を行っているということもあって、街全体が落ち着かない空気に包まれているみたいだ。

討伐は上手くいっているだろうか？

ネブリナとラヴィーネも、それが気になっている様子で落ち着かない。

ともあれ、現場に行っていない俺が、あれこれ考えても仕方ない。

俺は工房に戻り、アイテムでも作るか、と思った。

すると、街中が急に騒がしくなった。

なんだろうと思って窓を覗くと、人々が逃げ惑っている。

「大変だ！」

「ドラゴンが！」

悲鳴のような人々の声が聞こえ見上げると、街の上空に――ドラゴンがいた。

街を覆う影。
大きく翼を広げたドラゴンが、悠然と上空を飛んでいた。
その目が、街へと向く。
巨体の一部には、大きな傷が見られた。
どうやら冒険者たちとやり合ってダメージを負ったものの、上手く逃げ出したらしい。
おそらくは、上空に飛ばれて手を出せなくなってしまったのだろう。
魔法で追撃しようとしても、生半可な威力ではドラゴンを撃ち落とすことはできない。
多少ダメージを受けながらでも、ドラゴンは無理矢理撤退してきたのだろう。
そして街と、逃げ惑う人々を見て、エネルギー補給を考えたわけだ。
冒険者たちも大急ぎで戻ってきているはずで、しばらくすれば到着するだろう。
しかし、ドラゴンが無防備な街を壊滅させるには十分な時間ともいえた。
ドラゴンは緩やかに高度を下ろし、街へと接近する。
討伐隊は戻ってこられない。
街に残っているのは、ドラゴン討伐には向いていない初級の冒険者たちだけだ。
そして、俺は引退したとはいえ元冒険者。
爆速レベルアップのおかげで、今では高レベル錬金術師でもある。
俺がやるしかないだろう。
俺は逃げる人々の前に出て、ドラゴンへと対峙する。

あちらも俺に気づき、目を向けてきた。

ドラゴンにとってみれば、ひとりの人間などほとんどの確率で取るに足らない相手だ。

こうして向き合って見上げると、その巨体は想像以上の迫力だった。

それはそうだろう。本来ならギルドの計画のように、複数パーティーでどうにか倒すというレベルの強敵だ。

冒険者だった頃の俺では、その中の一パーティーに入ることすら難しかっただろう。

そんな相手と、一対一で向き合っている。

けれど、思っていたほどの恐怖はなかった。

強大な敵を前にしても、不思議な落ち着きがある。

レベルアップした今ならやれる。自然とそう思えた。

「グオオオォォォオォッ！」

猛々しいドラゴンがうなり声を上げ、動きを見せた。

翼を翻《ひるがえ》しながら、こちらへと向かってくるドラゴン。

俺はアイテムボックスから、付与で強化された槍を取り出し投げつける。

まずは一撃。

そしてすかさずもう一本。

「ギャオオォォッ！」

俺はドラゴンを撃ち落とすべく、アイテムボックスから次々と槍を取り出し、投擲していく。

魔力量が増加していったこともあり、今や俺のアイテムボックスは無尽蔵に近い量のアイテムが収納できている。

そこから次々と槍を取り出しては空中のドラゴンへと投擲していった。

槍の多くは、純粋な強化や標的への誘導機能などがつけられただけのものだ。だが俺は時折タイミングを見計らって、竜特攻がついたとっておきの槍を投げつける。

「グギャアァァァッ！」

そういった特攻付与の槍でなら、このドラゴンにも大きなダメージを与えられるようだ。

その翼に大きな穴がうがたれ、ドラゴンはついに広場へと墜落する。

「グガァッ――――！」

広場の石畳が割れてしまったが、このくらいは仕方ない。

そして翼を失って墜落してもなお、ドラゴンは強大だ。

むしろ追い詰められたことで、なりふり構わなくなるかもしれない。

そう思った瞬間、ドラゴンは口を大きく開けた。

そして、急激にエネルギーが膨張していくのを肌で感じる。本能的な恐怖……。

ドラゴンブレスだ。

この状態で撃たれてしまえば、街のこちら側は甚大な被害を受けるだろう。

俺はアイテムボックスから、展開型の魔法シールドを取り出す。

「グガァアアアアアッ――――！」

ドラゴンが咆哮し、エネルギーが爆発的に溢れだした。

超高温のブレスが正面に迫ったところで、炎吸収を付与したシールドが自動で開き、ドラゴンのブレスを受けて真っ赤に発光する。

その強大な熱量が、すべて吸収されていくのがわかる。

数秒を数十秒にも感じるなか、やがてドラゴンブレスが止んだ。

俺のシールド展開によって、その強大な攻撃も無に帰したようだ。

さすがのドラゴンも、それには驚き戸惑っている。

俺はアイテムボックスからさらに、切り札となる竜特攻の剣を取り出すと、ドラゴンへと飛び込み、その脳天に突き立てた。瞬動の装備のお陰で、歴戦の勇者をも上回る一撃だったと思う。

さらには、十分に高レベルになっていた俺の一撃は、自分で思う以上の速さ正確さ、そして威力を持っていたのだ。硬い鱗を貫いた剣を引き抜き、そのまま大きな首へと振り下ろした。

「グゴオオオオォォォォォッ！」

断末魔の叫びを上げながら、ドラゴンが絶命する。

暴れ回るかに思えたが、俺の一撃は必殺だったようだ。

ついには動かなくなり、戦闘が一段落ついたのがわかった。

「ふぅ……」

俺は息を吐きながら、倒れたドラゴンを見た。

かつてはレベルも低く、戦闘ではパーティーについて行けなくなっていた俺。

それが今では……。

ドラゴンの単独討伐なんて、本来が補助役の錬金術師に出来るとは思えない。

きっと、歴史上にひとりもいないだろう。

それなのに俺は、爆速レベルアップによって、ドラゴンすらも倒せるようになっていたのか……。

なんだか信じられない。

それを感慨深く思っていると、街中から歓声が上がった。

俺がドラゴンを倒したのを、見られたからだろう。

「グロム！」

「すごいな！」

俺はすぐに、街の人たちに取り囲まれてしまう。

そしてお礼を言われたり、思いがけず讃えられたりしてしまうのだった。

昔だったら、これも考えられないことだ。

これといって目立たない、一冒険者だったはずの俺。

それが今、こんなふうに取り囲まれて、英雄のように扱われている。

もう控えめに生きていければいい。そんなふうにも思っていたが、けれど、これはとても心地がいいものだった。

こうして、多くの人が喜んでくれるようなことを俺はしたのだ。

街の人々に囲まれながら、心から嬉しくそう思ったのだった。

●

ドラゴン退治という、破格の一日を終えた夜……。

街の住人たちから英雄扱いまで受けて、かなり照れくさかった。

やっとのことで、ちょっとした祝賀会のようなものから帰り、部屋で休んでいると誰かが部屋を訪れた。

「今日はお疲れ様」

「グロムさん、すごかったです」

ネブリナとラヴィーネが、ふたりで来てくれたようだ。さすがにスティーリアは、今日は来られないだろうしな。

彼女たちも、ドラゴン退治について俺を褒め、ねぎらってくれた。

なんだか、やはりくすぐったいものだ。

「そんなグロムさんを、いっぱい癒やしに来ました♪」

ラヴィーネは笑顔でそう言った。

「英雄、色を好むって言うし、ね？」

妖艶に微笑むネブリナが、服をはだけさせる。

その魅力的な身体を前にすれば、英雄でなくてもそそられてしまうだろう。

「私もがんばりますっ」

そう言って服を脱いでいくラヴィーネ。たゆんっと、揺れながら現れるおっぱい。

「ほら、横になって」

「ああ」

彼女たちに言われ、俺は素直に横になった。そこにふたりが寄ってくる。

「私たちのおっぱいで、グロムさんを癒やして差し上げますね♪」

「ほら、えいっ♪」

彼女たちが、両側からそのたわわなおっぱいを押しつけてきた。

「ふたりだと、特にすごいな……」

四つの柔らかな山が、肉竿を包み込んだ。美女ふたりのおっぱいがむにゅむにゅと押し当てられているのは気持ちがいいし、その光景も素晴らしいものだ。

「むにゅむにゅー♪」

「むぎゅー♥」

「うっ……」

巨乳に埋もれていく肉竿に、血液が集まっていく。

「ん、しょっ……」

「えいっ……ほら、どうかしら」

彼女たちはそのまま、左右から胸を押しつけてきた。

柔らかな乳房に押しつぶされる肉棒が、どんどんと滾《たぎ》っていく。

「おっぱいの中でおちんちん、ますます大きくなってますね」

「んっ、硬いのが押し返してきてるわ。えいえいっ♥」

「う、あぁ……」

ネブリナがむぎゅりと胸を寄せて、肉竿を圧迫してくる。

「ん、しょっ……」

その柔らかな乳圧で、肉棒が喜びに震えた。

その雄《おす》の芯を、ふたりの美女の乳房が包み込んで擦り上げていく。

「あふっ、んっ」

「硬いおちんちんを、ぎゅっ、ぎゅっー♪」

ふたり分のおっぱいに包まれ、俺は贅沢な奉仕を受けていった。

「ん、しょっ……」

「えいえいっ♪」

ふたりの胸がむぎゅむぎゅと押し当てられている。

「あんっ、ラヴィーネったら、えいっ」

「ひゃうっ、あっ、ダメですっ、んっ……」

そう思いながら見ていると、彼女たちも互いの胸がこすれて、感じているらしい。

ネブリナがより積極的に胸を動かし、ラヴィーネを責めていった。

「ん、しょっ、はいっ♪」

「あんっ、あっ、ネブリナさんっ、ん、そこ、あぁっ……」

むにゅむにゅとおっぱい同士がこすれ合っている様子は、エロくて最高だ。

「あっ♥　ん、はぁっ……」

「ほら、んっ、ふぅっ……えいえいっ♪」

ネブリナが胸を揺らし、ラヴィーネのおっぱいを刺激していく。

「んぁっ♥　あぅっ……」

そしてその間にはもちろん、俺のチンポが挟まれている。

当然、彼女たちが文字通り乳繰り合っている最中にも、肉竿はその刺激を受け続けていた。

「あんっ♥　あふっ……」

「ん、あぁっ……」

視覚的にも最高な状態で、俺はダブルパイズリを楽しんでいく。

「私だって、えいっ♥」

「ひうっ♥　あっ、んぁっ……そこ、んっ」

「乳首、弱いですね♪　えいっ」

「あんっ♥」

ラヴィーネが反撃に出て、胸を動かしていく。

今度は反対に、ネブリナのほうが責められて声を漏らしていた。

「ん、あぅっ、あぁっ……♥」

「あふっ、これ、結局私も、んっ……」

そう言いながら、ラヴィーネも嬌声を喘げていた。

そんなふたりに挟まれて、肉竿が擦り上げられていく。

「でも、んっ、グロムさんも喜んでくれてるみたいですし、んっ……」

「ああ、そうだな。楽しいし、とっても嬉しいよ」

彼女たちのおっぱいに挟まれているだけでも、かなり気持ちがいい。

その上さらに、目の前で美女同士がおっぱいを責め合っているとなれば……。

興奮するに決まっていた。

「ん、あんっ、ネブリナさん、んぅぅっ……」

「ふふっ、やっぱり、責めるほうがかわいい反応が見られて、んっ……」

ネブリナがペースを取り戻し、胸を自在に動かしていく。

ラヴィーネが嬌声を上げるたびに、形を変えているおっぱいのエロさもいい。

「ほら、グロムのおちんちんも、もっと、んっ♥　気持ち良くなって♥」

「うっ……」

ネブリナが乳圧を高めながら、肉竿をしごいてくる。

「あふっ、ん、あぁっ……」

互いを責める百合っぽい光景を堪能しながら、肉棒も刺激されていく。

「あふっ、こんなにしてたら、どんどん興奮してきちゃうっ……」

「グロムさん、私、ん、あうっ……」

こうしているのはとても気持ちいいが、せっかくなので、俺はふたりのおっぱいへと手を伸ばしていった。

「あんっ♥ ん、んんっ……」

むにゅむにゅとふたりのおっぱいを、自分の手のひらで楽しんでいく。

「グロム、んっ……」

「あっ、そこ、んっ……」

俺はふたりの乳首へと指を伸ばし、いじくり回す。

「あんっ、あっ、だめぇっ……♥ んっ……」

ネブリナが快感に身をよじる。その刺激は、おっぱいを通して肉棒へ伝わってきた。

「うぉ……いいぞ、これもなかなか」

「あんっ、あっ、んはぁっ……♥」

彼女たちも、かわいい声を上げていく。

「あぁっ、ん、そんなにされたら、んぅっ……」

「ねえ、グロム、んっ……」

ネブリナがおねだりするようにこちらを見たので、俺もうなずく。

「そうだな。ふたりとも、こっちに」

俺はふたりを抱き寄せると、次に下半身へと降りていく。

そして足を開かせ、もうすっかりと濡れているおまんこを露出させていった。

「あぅっ……グロムさんっ……」

ラヴィーネが、屹立をうっとりと見ながら呼びかけてくる。

「グロム、んっ……♥」

ネブリナのほうは待ちきれないとばかりに、自らの指でおまんこをくぱぁと広げて誘ってきた。

ピンク色の内側が、愛液をあふれさせながらヒクついている。

「ん、はぁ……♥」

見れば分かる。入れたら絶対に気持ちいい穴だ。

そのエロいおねだりに、俺は我慢できなくなってしまう。

「いくぞ」

俺はそそり立つ剛直を、ネブリナの膣内へと沈めていった。

「あっ、んはぁっ……♥　あふっ、ん、ああっ……硬いのが、んぁ、おまんこに、はいってきて、ん、ふぅっ……」

ネブリナの膣内は、スムーズに肉棒を受け入れていく
「あぁっ……♥」

けれど一度咥え込むと、今度はしっかりと締めつけてくるのだった。

「あんっ、あっ、ふぅっ……」

蠕動する膣襞《ちつひだ》が肉棒を刺激する。俺は淫らな膣内を往復していった。

「あんっ、あっ、ん、はぁっ……♥」

先に入れられたネブリナが、歓喜の声を上げていく。

「あぁっ♥　ん、はぁっ……」

「グロムさん……」

「ああ」

待たされ、こちらを見つめているラヴィーネにうなずくと、俺は一度肉棒を引き抜き、今度は彼女へと挿入していく。

「んはぁぁっ♥　あっ、ん、あふっ……」

うねる膣襞をかき分けながら、肉棒を沈めていく。

まずはこうして、ふたりとものおまんこを慣らすのがいいのだ。

「硬いおちんちん、いっぱい、あぁっ……」

もうすっかりと濡れているその蜜壺を、しっかり往復していった。

「あんっ♥　あっ、ん、はぁっ……」

ラヴィーネが声を漏らしていくのを聞きながら、ピストンを行う。

「あぁっ……♥　ん、はぁっ、あうっ……」

蠢動する膣襞を擦り上げて往復していき、そしてまた、ネブリナへと挿入する。

「んはぁっ♥　あっ、ん、はぁっ……」

「あふっ、んぁっ♥　あぁっ……」

俺は代わる代わる、彼女たちのおまんこを味わっていく。

「あふっ、ん、あっあっ♥　あぁっ……！」

「グロムさんっ、ん、はぁっ、んくぅっ！」

彼女たちの嬌声も、だんだんと大きくなっていった。

発情する女たちに俺も高ぶり、ますます気持ちよくなる。

「んはぁっ♥　ああっ♥　グロムさん、私、もう、んくぅっ……！」

ラヴィーネがイキそうなので、俺は彼女を重点的に責めていく。

その細い腰をつかみ、イかせるためのピストンを行った。

「あんあんっ♥　あっ、んはぁっ……もう、ダメですっ……♥　私、イクッ！　んはぁっ、あっ、あっ……！」

嬌声を上げて乱れる彼女。俺はその膣襞を擦り上げ、奥へと貫いていく。

「んはぁぁっ！　あっあっ♥　らめ、イクッ！　もう、んぁっ、すごいのぉっ♥　あっ、イクッ、イクウウゥウゥッ！」

「ぐっ……」

ラヴィーネがひときわ高い声を上げながら、絶頂を迎えた。

俺はぎゅっと締まる膣襞をかき分け、まだまだ往復していく。

「んはぁっ♥あっ、んはぁっ……あぁ……♥　もう……だめぇ」

快楽の余韻でぐったりとした彼女から、やっと肉棒を引き抜く。

まったく萎えない肉棒を、今度はネブリナのおまんこへと挿入した。

「んくっ♥」

ラヴィーネの絶頂するおまんこの締めつけや、そこへ至るまでの高速ピストンで高ぶったままで、俺は激しく腰を振っていった。

「んくうっ♥　あっ、すごっ♥　ん、はぁっ……！」

収まりかけていた快感を揺り戻され、いきなりの強引さで揺さぶられながら、ネブリナは嬌声を上げていく。まるで犯しているかのように、俺のテンションのほうが圧倒的に高かった。

「あっあっ♥　すごい、んぁ、気持ちよすぎて、おかしくなっちゃうっ……♥　んはぁっ、あっ、んぅっ……！」

身もだえる彼女の中を往復し、蜜壺を蹂躙つくしていく。だんだんとネブリナの快感も、最高潮へと近づいていった。

「んはぁあっ♥　あ、んぁっ……♥　イクッ！　あっあっ♥」

「ぐ、うぅっ……」

ふたりめのおまんこで、俺のほうも限界だった。

それならと、このまま一気に責めていく！　ネブリナの中に、出す！

「んはぁぁあぁっ♥　あっ、あぁぁぁっ……！　らめっ、んぁ、イクッ、イクイクッ！　イックウウウウウッ！」

「ぐ、あぁっ……！」

ネブリナも絶頂し、膣襞が絡みついてくる。俺は最後に、思い切り奥へと肉棒を突き入れた。

「んはぁっ♥　あっ、あぁぁぁっ！」

「出すぞっ！」

びゅくんっ、どびゅっ、びゅるるっ！

そしてその一番奥で精を放った。

「んはぁぁぁっ♥　くぁっ、んうっ……」

肉棒が大きく跳ねながら、精液を送り出していく。

「熱いの、イってるおまんこに、たくさんでてるっ……♥」

俺は絶頂おまんこに、しっかりと精液を注ぎ込んでいった。

「あぁ……♥　ん、ふうぅっ……」

ラヴィーネで存分に擦った肉棒を、ネブリナの中で爆発させた。

そうして、最高に気持ちいい射精を終えると、俺は肉棒を引き抜いていった。

「グロムさん……」

そんな俺に、ラヴィーネが抱きついてくる。

「ん、あたしも……」

ネブリナもそう言って、くっついてきた。

俺は美女ふたりに抱きしめられながら、行為後の余韻に浸っていくのだった。

第五章　錬金術師のハーレムライフ

ドラゴン退治の影響もあって、俺はなんだか有名になってしまった。

元々、異例の錬金術師、そして最高のアイテム職人としてはすでに名が広まるようになっていたのだが、ドラゴン退治はやはり大ニュースだったようだ。

そんな理由で、冒険者としての評価までがかなり上がっている。

とはいえ、もう冒険者は引退しているのだけれど。

確かに、いま冒険者に戻れば、あの頃より活躍できるとは思う。

だが……。

今の俺にとっては、店のほうが重要な位置を占めている。

冒険に憧れていた頃の、過去の俺とはもう違うのだった。

そんなわけで、冒険者への復帰については断り、これまでどうりに店の工房でアイテム作りにいそしむ毎日だった。

しかし、ドラゴン退治は店のほうにも影響を及ぼし、俺の付与術やアイテムを求めて、より多くの冒険者が店に訪れるようになってくれた。それはすごく嬉しい。

情報は貴族たちにも伝わったので、大規模な発注にもつながっていった。

でも、あまり仕事を詰めすぎるのも……ということで、ネブリナには余裕を持って受注してもらい、俺はアイテム制作に集中するようにした。


そして今日は久しぶりに、ラヴィーネと一緒に素材集めに街の外へと来ている。

「こんな奥まで行くの、初めてです」

「ああ、冒険者でもないと、森の奥には入らないからな……」

錬金術には、まずは素材が必要だ。魔法的になにかを生み出すときでも、それは変わりない。

レベルが上がっても、そこはあまり変わらない部分だった。

そんなわけで、人通りもない森の中で、サクサクと素材を集めていく。

薬草一種類とかならもう、冒険者にお願いしたほうが楽なのだが、ついでにあの鉱石を……とか考え始めると、自分で森に入るのがいちばん早い。

ラヴィーネは今でも一応、教会側の監視役として、そんな俺についてくることがあった。

まあ、このあたりなら危険もほぼないしな。

爆速レベルアップによる恩恵で、高難易度のところでも問題は無いが、行くときはさすがに俺ひとりだ。

ともあれ。

思った以上に早く素材を集め終わったため、少し時間が余った。

そこで、ラヴィーネにちょっかいをかけてみることにしたのだった。

「きゃっ、グロムさんっ……あの……？」

抱き寄せて、軽くその背中をなでていく。

彼女は顔を赤くしながら、俺を見上げた。

「こんなのところで、んっ……」

そう言いつつも抵抗せず、俺の身体にも手を回してくる。

「たまにはこういうのもいいかもな」

そう言いながら、手をお尻へと下ろしていった。

「あんっ……」

彼女は小さく声を上げるだけで、抵抗はしない。

俺はそんなラヴィーネの、張りのあるお尻をなで回していった。

「んっ……もう、グロムさん……」

ラヴィーネはすぐに、期待するようにこちらを見た。

俺はそのまま、なでるだけだった手を、だんだんといやらしく動かしていく。

「あぅっ……」

スカートごしになで回し、さらに軽く足の間へと侵入していく。

「あっ……んっ……」

ラヴィーネは小さく声をもらしつつも、俺の手を受け入れるように足を広げていった。

恥じらいながらも受け入れ、自らおねだりするようにするラヴィーネ。

その仕草はなかなかエロく、俺を興奮させていく。

「グロムさん、んっ……」

そんな彼女の足の間へ手を動かし、下着越しに触れていく。

「んんっ……」

そして指先で、割れ目を何度も往復し始めた。

「んぅっ……」

ぷっくりとした恥丘を、ふにふにといじってみる。

「あっ、んっ……」

立ったままなので、もどかしそうだ。ラヴィーネは、小さく声を漏らしていく。

俺はそんな彼女のアソコを、大胆に愛撫していった。

「あふっ、ん、外、なのに、んぁっ……♥」

森の中で抱き合い、神官美少女の割れ目をなぞっている。

そのシチュエーションが俺を激しく興奮させていった。

「あふっ、ん、あぁ……」

「濡れてきてるな。ほら」

「あんっ♥　あぅっ……」

くちゅり、と下着から愛液が漏れ出してくる。

その割れ目を往復しながら、さらに愛撫を続ける。

「あふっ、ん、あっ♥　あぁ……」

彼女は声を漏らしながら、身体をより密着させてくる。

「グロムさんも、興奮してるんですね……んっ♥　はぁ、あぁ……硬いのが、当たってますよ。ほらっ、んっ……♥」

「おお……」

身体を揺らして、ズボン越しの肉棒を下腹部で刺激してくる。

「ん、ふぅっ……ほら、こんなに、んっ……」

彼女はそのまま、身体をこすりつけるように刺激してきた。

その腰つきもエロく、俺は我慢できなくなってしまう。

「ラヴィーネ、そこの木に手をついてくれ」

俺は言いながら、彼女を一度解放する。

「んっ……わかりました……」

彼女は素直にそう言うと、木に手をついて、お尻をこちらに突き出してきた。

「あんっ♥」

俺はその魅惑のお尻をスカート越しになでてから、すぐに布をまくり上げてしまう。

「んっ、あぅっ……お外でこんな、んっ……♥」

ラヴィーネは恥ずかしがりながらも、もうすっかりとおまんこを濡らしていた。

秘裂に貼りついたショーツの卑猥な様子は、こちらを誘っているかのようだ。

俺はそんな彼女の下着をずらし、秘められた場所を外気に露出させていく。

「あぅっ……」

彼女は恥ずかしそうに声を出しながらも、お尻を小さくゆすった。

俺はその潤んだ蜜壺を、指先でいじっていく。

「んぁっ♥　あっ、グロムさん、んぅっ……」

彼女はすぐに、気持ちよさそうな声を出す。

すでに準備出来ているおまんこを、焦らすようにくちゅくちゅといじっていく。

「あふっ、ん、あぁ……指が、んぁ、ふぅっ……」

俺の指を、より深く咥え込むようにお尻を突き出してきた。

そのぶん指が埋まり、しっかりと濡れた蜜壺が卑猥な音を立てながらかき回されていく。

「あぁっ……ん、ふぅっ……♥　ねえ、グロムさん……あぅっ、ん、はぁ……指だけじゃなくて、ん、おちんちんを、あぁっ……♥」

ラヴィーネがそう言って、おねだりをしてくる。

そのエロさを見ていると、当然、俺も我慢などできるはずがない。

俺は肉竿を取り出すと、すでに猛りきっているそれを膣口へと当てた。

「あんっ♥　あっ、硬いのが、んぅっ……」

そしてそのまま、秘裂の中に腰を押し進めていく。

「んはぁっ♥　あっ、んぅぅっ……」

ぬぷり、と肉棒が膣内に侵入していった。

「んはぁっ♥　あぁ……グロムさんの、硬いおちんちん、はいってきてますっ……♥　んぁ、あふっ、私の中に、んっ……」

蠕動する膣襞をかき分け、その奥へ。

野外の解放感の中で、肉棒が女体に包み込まれていくのはとても気持ちがいい。

「あんっ、ん、あぁっ……」

牡《おす》の本能を刺激され、俺はそのまま腰を動かし始める。

「ん、あぁっ……！」

木に手をついているラヴィーネが、嬌声を上げながらそれを受け入れた。

俺は羞恥で締まる膣内を、肉棒でぐいぐいえぐる。

「あふっ、ん、はぁっ……」

人気のない森の中。誰かが来ないとは言い切れないが、この感覚は新鮮でやめられない。

俺はそのまま遠慮なく、彼女の中を往復していく。

「んぁ、あっ、ふぅっ、んぁっ♥」

いつもより顔を赤くしたラヴィーネが、嬌声を上げながら身体を揺らしていた。

「普段より感じてるみたいだな。ラヴィーネは、外でするのが好きなのかも？」

「そんなこと、んぁ、ああっ……！　でも、初めてで、んぅっ！」

いつもとは違うシチュエーションに興奮しているらしい。

神官である彼女は本来なら、上着程度でさえ人前や野外で脱ぐことはないしな。

「んはっ、あっ、んっ……♥」

木漏れ日がさす森の中で交わるのは、普段とはかなり違う状況だ。なんだかとても清々しい。

「あぁっ……♥　ん、はぁっ……！」

俺は立ちバックで、外気に露出したおまんこを突いていく。

「んはぁぁっ！　ああっ！　グロムさんのおちんぽっ♥　あっ、んはぁっ……いっぱいズンズンって、んあぁっ……！　それに……くぅ」

引き抜くと、まとわりついた愛液でちょっとだけ肉竿が冷える。それを一気にまた、温かな体内へと突き込んでいく。俺的にはとても心地よい刺激だが、ラヴィーネにはどうだろうか。

ラヴィーネも大きく嬌声を上げて、感じてはいるが。

「あまり声を出すと、さすがに誰かに聞こえるかもしれないぞ」

「いやっ、あ、でも、んぁ、んくぅっ♥」

聞こえるかも、と言った途端に膣内がきゅっと締まった。

そんな彼女を見ていると、ちょっと意地悪がしたくなってくる。

「あっ、ん、ふぅっ……♥」

俺はさらに激しくピストンを行っていった。

「あんっ♥　あっ、グロムさんっ、ん、はぁっ……♥」

奥を突かれるのに合わせて淫らな声を上げいている。それをもっと、エッチなものにしたかった。

「外でこんなにエロい声を出して、よがっているなんて……ラヴィーネはもう、すっかりドスケベになったんだな」

「んくぅっ♥　あっあっ♥　だって、グロムさんが、んうぅっ……！　はぁ、あっ、んあっ、いっぱい、ああっ！」

彼女は嬌声を上げて、肉棒を受け入れていく。

あんなに真面目だった神官少女を、俺がこんなにも淫らな女性にしてしまった。

それがすごく、誇らしい。

俺は蠢動する膣襞をこすり上げ、思いのままに抽送を行っていく。

「あふっ、んぁ、あっ、ああっ……♥」

その激しさに応えるように、ラヴィーネの喘ぎも大きくなっていった。

「あぁっ、ん、はぁっ……ふぅっ、んっ♥」

どんどんと高まるその膣内を、かき回していく。

「んぁっ！　あっ、グロムさん、私、もう、あっ、あぁっ……」

「いいぞ……外でセックスしてイってみよう。すごく気持ちいいぞ！」

「ああぁぁっ♥　あぁ、私、わたしお外で、んぁ、あ、ああっ！」

羞恥が快感を増幅し、あられもない声を際限なく上げていく。

もはや外であることは、プラスでしかなかった。

俺はラヴィーネの膣内をかき回し、自分にもラストスパートをかけていく。

「んはっ♥　あっ、ああっ……！　あっあっ♥　もう、んぁっ……イっちゃいますっ……♥　んはぁ、ああっ……」

このまま中出しすれば、どんなに気持ちいいだろうか。真っ白なお尻が揺れ、俺を待っている。

「んくぅっ！　あっ、ああっ……♥　もう、んぁ、あっ♥　イクッ！　イクイクッ！　イックウウゥウゥッ！」

「うっ……おおお！」

ラヴィーネは絶頂し、その膣道がぎゅっと締まる。俺は必死に耐えつつ、もうひと突きを加えた。

「あぁっ♥　んぁ、イってるおまんこ、そんなにぐりってされたらぁっ……♥　あっ、ん、はぁっ、あう、んくぅっ……！」

激しく締めつけてくる膣襞にもう耐えきれず、俺も限界をむかえる。

「ぐっ、出すぞ……！」

びゅるるっ、びゅく、びゅくん！

「んはぁぁっ♥」

俺はラヴィーネに搾られながら、大量の中出しをした。

「あぁっ♥　熱いせーえき、私のなかに、びゅくびゅく出てますっ……♥」

気持ちよさそうに声を出す。野外のせいなのか、いつもより射精を長く感じた。

「ああ……とまらないな……これ」

どくんどくんと、俺は温かな膣内に精液を出し切っていく。

「あぅっ……グロムさん……」

俺は、すっかりと力の抜けてしまった彼女を支えながら、肉棒を引き抜いた。

「あふっ……」

「外でするの、よかったみたいだな」

「はい……んっ、恥ずかしくて、気持ちよくて……おかしくなっちゃいそうです」

腕の中でうっとりとしているラヴィーネは、かわいくも妖艶なのだった。

●

日頃、この時間は工房で作業台に向かっているのだが、今日は珍しく事務作業だ。

素材の在庫を確認するためだった。

横に資料が大量に積まれたデスクで、必要な書類を確認していく。

とはいえ、部屋にある資料は多いが、机の上はきれいだ。

整頓しているというより、俺があまり使わないからというだけだが。

「よし、問題はないな」

今のところ、足りない材料もなさそうだ。

大口の発注があると、工房にこもりきりになる。

そんなときは、延々とアイテム制作を行っているから、在庫がわからなくなりがちだ。

暇なときにまとめて、こうして確認するのだが、今回は特に心配もなさそうだ。

「ついでだし、他の書類もチェックしておくか」

いますぐしなくてもいいことではあるが、せっかくだしやっておくかと決めて、俺は先にお茶を淹れにいった。

そして程なくして戻ってくる。

お茶を飲んで資料に目を通し始めると、突然、机の下に気配を感じる。

「うぉっ!?」

足下を見て、思わずのけぞってしまった。

そこには、スティーリアが潜んでいたのだ。

「……何やってるんだ？」

「もうバレてしまいましたわ……鋭いですのね」

「いや、まあ……」

いつの間にか忍び込んでいたスティーリアが、こちらを見上げてくる。

ちょうど、俺の足の間にいるかたちなので、この姿勢はいろいろといかがわしいものを想像させる感じだ。

同じような姿勢でも、ベッドと机じゃだいぶ違うな、と思った。

なんだか背徳的な感じがする。

と、そんなことばかり考えていると興奮してしまうので、俺は意識をスティーリアに戻す。

といっても、そのスティーリアこそが煩悩の原因であるのだが。

「いたずらしようと思っていたのに、する前に見つかってしまいしたわ」

「まあいいけどな……」

彼女もすっかり工房になじみ、行動は自由になっている。

貴族のお嬢様だということで、他の場所ではここまで自由にふるまえないのだろうし、いいことだとは思った。

少し驚きはしたが。

「で、そんなところで、どんないたずらをしようと思ったんだ？」

俺が尋ねると、彼女は笑みを浮かべた。

「例えば、仕事中のグロムにこういう……」

そう言いながら、彼女がズボンに手をかけ、俺の肉竿を取り出していった。

「おい……」

「書類を見ているグロムのおちんちんを……あーむっ」

「うぉっ……」

彼女は机に隠れるようにしながら、俺の肉棒を口に含んだ。

温かな口内に一息に包まれる。

「んむっ、れろっ……」

彼女はそのまま肉竿を転がし、柔らかな舌で舐めてくる。

「れろろっ……ちゅぷっ……」

口内で上手に肉竿をいじり、刺激してくるのだ。

「んむっ……ん、だんだん、お口の中で大きくなってきましたわ♥」

「ああ……そりゃあな」

彼女は机の下で、一度肉竿を口から出した。

勃起竿は、すっかり唾液で濡れ光っている。

「あふっ、こんなに大きくなって……ふふっ」

そう言いながら、また彼女は舌を伸ばし、肉棒を舐めていく。

「れろっ……ちろっ、ちゅ、れろろっ……」

舌先が裏筋を舐めてきて、かなり気持ちがいい。だいぶ上手くなったなと思う。

「れろろっ……こうして、机の下で舐めるのって、なんだかドキドキしますわよね……ちろっ、ぺろ、ちゅっ」

「ああ、そうだな……」

事務室は店の裏側だし、他人が来るような場所ではない。

誰か来るとしても、ネブリナとラヴィーネくらいだろう。

しかし、ベッドではない。

本来なら仕事をする場所だということで、非日常感はすごくある。

「あむっ、れろっ……じゅるっ……んっ……」

机の下でフェラをしているスティーリア。

俺はさらに奉仕を促すように、その頭を優しくなでていった。

「んっ……れろっ、ちろっ……」

彼女は肉竿をなめ回し、口を開いた。

「こういうところでするの、思っていたより興奮しますわね……♥」

お嬢様らしからぬエロいことを言いながら、スティーリアは微笑んだ。

「そうだな……」

普段と違うところでするのは、スリルや背徳感がある。この前の野外エッチでも、それは十分に分かっていた。

「こっそりっていうのも、ドキドキしますわ。れろっ、ちゅぷっ……」

そう言いながら、彼女は肉棒を咥え込んだ。

「じゅるっ……じゅぷっ、ん、ふぅっ……」

「こっそりと言う割には、だいぶ積極的だがな」

「あむっ、じゅぷっ……ちゃんとわたくしは机の下にいますし……外から見れば、グロムが座っているだけですわ♥」

「……だろうな」

ドア側からだけなら、一応、何をしているかはわからないはずだ。

机に座っているだけだしな。

「ん、そう思うと、余計に、んぁっ……れろっ、じゅぷっ♥」

スティーリアはこの状況にあらためて高揚したようで、肉竿をしゃぶっていった。

「あむっ、じゅるっ……れろっ……」

彼女のフェラが激しさを増していく。

「じゅるっ、じゅぷっ、ん、ふぅっ……じゅぷぷっ……」

「まあでも、これだけ音を出していたら、ばれそうだけどな」

「確かに、そうですわね……んっ……音で、じゅぷっ……不審に思われて、のぞき込まれたら……じゅぶぶっ」

「うっ……」

彼女の急な吸いつきに、思わず声が漏れる。

「こんなところでおちんぽをしゃぶっているのがばれたら……♥　ん、じゅぶぶっ、じゅぽっ、ちゅううぅっ！」

「スティーリア、うぁっ……」

彼女は、その興奮を伝えるように激しく吸いついてきた。

「じゅぶぶっ、じゅぽっ、ん、はぁ……んむぅっ……」

「ぐっ、そんなに吸われると……」

彼女のバキュームに射精感が膨らんでくる。

「じゅるるるっ……じゅぽ、じゅぽっ……」

ますます激しく吸いつき、肉棒をしゃぶってくる。

「じゅぶぶぶっつ……じゅぽっ、ん、はぁっ……机の下で、出しちゃいなさいませ♥　じゅぶ、じゅぽっ、じゅぶぶぶっ！」

「ぐっ、ほんとに出るぞ！」

「んむっ！　ん……んんんっ！」

頭を押さえ込み、俺はそのまま彼女の口内で無遠慮に射精した。

「んむ、ん、ふぅっ……♥」

机の下を見ると、スティーリアがそのまま口で精液を受け止めている。

「出してもいいんだぞ……？」

「ん、ふぅっ、ごっくん……いいえ、ぜんぶいただきますわ。濃いのがいっぱい出ましたわね♥」

彼女は妖艶な笑みを浮かべていった。

「ふふっ、こんなところでいっぱい出してしまうなんて……グロムはとても元気ですわね」

そう言いながら、肉竿をつんつんといじってくる。

「そういうスティーリアも、かなり興奮してるみたいだが」

「んっ……♥　でも、グロムほどではありませんわ」

「そうかな？」

俺は椅子から立ち上がり、机の下にいたスティーリアを抱え上げる。

「きゃっ、グロム、あんっ♥」

そしてそのまま、机の上に寝かせた。

「ほら、こんなに濡れてる」

「あっ、ダメですわ、んっ……」

スカートの中では、下着が変色するくらい濡れてしまっていた。

俺はその濡れた割れ目をなで上げる。

「ちょっと、こんな格好……」

机の上に仰向けになっている彼女は、恥ずかしがって足を閉じようとする。

しかし俺は、その足をつかんで動きを阻《はば》んだ。

「あぁっ……♥ グロム、んっ……」

「こっちも、まだ満足できてないしな」

そう言って、勃起竿を彼女に見せる。

「あうっ……そんなガチガチおちんぽ、こんなところで丸出しにしてはいけませんわ。そんなの見せられたら、あぅ……」

一見、まっとうなことを言っているスティーリアだが、そもそもその「こんなところ」でフェラを始めたのは彼女だ。

「あうっ、グロム、んっ……」

俺は彼女の足を開かせたまま、下着を横へとずらす。

「んぅっ……」

「机の上で足を開いて、おまんこを出しちゃってるな。お嬢様」

「あうぅっ……そんなふうに言うの、ダメですわ……」

彼女は恥ずかしそうに、身をよじらせた。

しかし、そんなことでは逃げられない。

「机の上ってこともあって、いつもよりおまんこをアピールしてるみたいだな」

「あうっ……こんな姿を見られたら……」

「ああ。机の下にいたときと違って、言い訳はできないな」

「そんな、んうぅっ……」

そう言いつつ、俺はその濡れたおまんこに肉棒を押し当てる。

「あう、硬いのが、あぁ……」

そしてそのまま、腰を押し進めていった。

「んぁ、ふぅっ、んっ……」

ぬぷり、と肉棒が秘穴に進入していく。

「あふ、太いの、はいってきてますわ……」

「ああ、どんどん埋まっていくぞ」

膣襞をかきわけ、肉竿が奥へと侵入していく。

「ん、はぁっ……♥　ふぅ、んっ……」

一度奥に届いた後は、そのまま腰を動かしていった。

「あぁっ♥　ん、はぁ……」

机の上に載せられたスティーリアが、喘ぎ声を上げていく。

改めて見ると、かなり興奮する状況だ。

本来なら、真面目に過ごすべき場所。ここは職場なのだ。

そこでセックスしているというのもそうだし、美女が机の上だというのもそうだ。

「あぅっ、ん、はぁ……♥　ああっ……！」

机がちょうどいい高さとだということもあり、俺はそのまま腰を振っていく。

「んぁっ、あぁっ……や、ん、ふぅっ……♥」

彼女は嬌声を上げ、次第に乱れていった。

「こんなところで、あっ、んぅっ……！　こんなに、あっ、はしたないかっこうで……んぁ、ああっ……！」

「たしかに。誰かいたなら、すごく見やすい状態だしな」

まさに、まな板の上とも言える。布団だとか枕だとか、女体を隠すものはなにもない。

「あぁっ……♥　そんな……だめ、ん、ふぅっ……！」

スティーリアは羞恥の声を上げながら、身もだえる。

「んはっ♥　あっ、ん、ふぅっ……」

「今、誰かが入ってきたら、それこそすごいな」

「いやぁ……♥　ん、ダメぇっ……あっ、んくぅっ！」

ダメだと言いながら、さらに乱れていくスティーリア。

「んはぁっ♥　あっあっ♥　んはぁっ！」

「そんなに喘いでいると、部屋の外まで聞こえるかもしれないぞ」

「あうっ、んぁ、ん、うぅっ……そんなこと言いながら、んぁ、おまんこ……ガンガン突くのだめぇっ♥　ん、あぁぁっ！」

彼女は声を抑えるどころか、より大きく喘いでいくのだった。

「んはぁっ♥　あっ、ん、くぅっ！」

「うっ……」

その興奮に合わせ、膣襞もきつく絡みついてくる。

「あぁ、ん、はぁっ、んあぁっ……！」

新たな締めつけに、俺のもまた射精欲が膨らんでいった。

「あぁっ……♥　グロム、んぁ、ん、はぁっ……♥　んうぅっ！」

「スティーリア、うっ……」

「あぁっ……！　わたくし、んぁ、こんなところで、んぁ、いっぱい突かれて、あっあっ♥　イっちゃいますわ♥」

そう言って、乱れていく。

「ああ、いいぞ……机の上で、はしたなくイケ！」

「んはぁあっ♥」

そう言って奥まで、おまんこをガンガンと突いていく。

「ああっ♥　んぅ、あぁっ……！　だめ、イクッ！　もう、あっあっ♥　おまんこ、おまんこイクッ！　んぁっ……！」

絶頂へ向けて乱れていく彼女の蜜壺を、何度も何度もかき回す。すっかり俺の形に馴染み、どこを突いても反応がいい穴だった。

「んぁあっ♥　あっあっ、もう、んぁ、んく、うっ……あぁっ♥　イクッ、イクイクッ！　イックウウゥウゥッ！」

「ぐっ……！」

きつく締まる。スティーリアが、机の上で大きく跳ねながら絶頂した。

膣襞もいっそう絡みつき、肉棒に強く吸いついてくる。

「あぁっ♥　ん、はぁっ……！」

その奉仕に応える形で、俺も射精した。

「あぁぁぁあっ♥　ん、はぁ、グロム、熱いザーメン、出てますわっ……♥　中に、んぁ、ああっ、いっぱい……♥」

机上の淫らな彼女に、大量の中出しを決めていく。

「ん、ふぅっ、あぁ……♥」

精液を出し切ると、肉棒を引き抜いた。

「あうっ……」

彼女は机の上で、快楽の余韻に浸っていた。俺はそんなスティーリアを眺める。

こんな部屋で、着崩れた美女がねそべっているというのは、アンバランスなエロさがある。

こうして眺めているだけでも、かなりいいものだ。

行為の直後だということもあって、彼女のアソコからは、ふたりの体液が混ざったものがあふれ出している。それもまたエロい光景だった。

俺はだから、あえて椅子に座った。

そうすると、ちょうどいい視線の高さに彼女の腰がくるのだ。

こうして、欲望が収まった状態でまじまじと事後の秘部を眺める機会は、なかなかないからな……。

ここが仕事部屋だということもあるせいか、俺は観察モードに入っていた。

「あっ、グロム、もう、ダメですわ……♥」

けれど、じっくりと見過ぎたせいで、スティーリアに気づかれてしまう。

彼女は恥ずかしそうに、机の上から降りてしまうのだった。

●

今日は、ネブリナと街に出ていた。

とある貴族のところにふたりで呼ばれ、商談をしてきたのだ。

貴族の中には、特注品を作ってほしいという人も多く、そういった要望を、実際に作る俺を交えて話していくこともある。

無事にその打ち合わせも終わり、街までは馬車で送ってもらった。

そこからは散歩がてら、ふたりで歩いてきたのだ。

「こうやって歩くのも、なんだか久しぶりな感じがするわね」

「ああ。なんだか忙しくなってたしな」

おかげで店は繁盛しているし、悪いことではないのだが、のんびりする時間が減っていたのは事実だ。昼間はなんだかんだ、それぞれ仕事があるしな。

ネブリナはお客さんや融資関連の対応がメインで、俺は工房でアイテムを作るのが仕事だ。

バラバラであることが多いので、一緒にいる時間そのものはそう多くない。

忙しくなってきたときに、負担がダイレクトに響くのは彼女のほうだしな。

例えばラヴィーネなら、暇な時間をピンポイントで空ければ、一緒に過ごすことができる。

スティーリアも、お互いの予定がわかってさえいれば、ある程度は時間の融通はつけられる側だ。

しかしネブリナは違う。

客相手だということもあり、忙しいときには、あまりそういった融通を利かせるのは難しいようだった。

そんなわけで、こうして昼間に一緒というのは久々だ。

というわけで、しばらくはゆったりと、ふたりで街をぶらついていた。

そうしていると、日も暮れてくる。

今日は俺が一緒で危険もないということで、人通りのあまりない裏路地をショートカットとして歩いていた。

このままそろそろ、店に戻るのもいい、のだが……。

「本当にここは人通り、少ないな……」

「薄暗いからね。通る人はほとんどいないよ。そもそも、この道を知っている人自体が、少ないんじゃないかしら？」

「建物の隙間みたいな道だしな」

そんなことを言いながら歩いていると、ふといたずら心が湧き上がってくる。

周囲は建物の壁ばかり。

景観が望めないためか、窓もこちら側にはついていない。

つまり、このあたりは音も響きにくいし、見られることもない、ということだ。

俺は後ろからネブリナを抱きしめた。

「ん、どうしたの、急に……」

「なんとなくな……」

そう言いながらも、彼女の身体をなでていく。

「もうっ、んっ……」

彼女はそう言うものの、特に抵抗はしていなかった。

仕方ないなぁ、というふうにお姉さんの余裕で受け入れている感じだ。

「そんなふうに触られたら、んっ……。ね、もう帰りましょ？　それで、ね？」

彼女は含みを持たせながら、そう誘ってきた。

もちろん、すぐにベッドというのも魅力的ではあるが……。

このままここでというのも、もっと魅力的かもしれない。

どうやら俺は、野外エッチにハマったのかもしれない。

彼女のお腹のあたりをなでていた手を、上へと動かしていく。

「あんっ、もう……」

服の肌触りを感じながら、さらに上へ。

そしてついに、爆乳の下あたりをなで始める。

「あんっ、もう、こんなところでおっぱいまで、んっ……」

むにゅんっと柔らかなおっぱいを感じる。

下からふよふよと触っていると、彼女が軽く身をよじった。

「だめよ。そんなふうに触られたら、んっ……ね、帰りましょう？」

彼女は少し色の混じった声で言った。

胸を触られて、感じ始めているみたいだ。

「ほら、グロム……」

彼女はおねだりするように、俺を促した。

外でするなんて考えもしないから、家で続きをしたい、と誘っているのだろう。

しかし俺は、帰るまで我慢する気はもうなかった。

「あんっ♥　あっ、ちょっと……んっ……」

そのまま、本格的におっぱいを揉み始める。

先ほどのまでのなぞるような動きとは違い、むにゅむにゅと、そのたわわな乳房を両手で楽しんでいった。

「ん、ダメだって……そんなふうに揉まれたら、んっ♥　あぅっ、あたし、我慢できなくなっちゃうからっ……！」

「我慢、しなくてもいいぞ」

「そんなわけには、んっ……」

彼女は気持ちよさそうに身体を揺らした。

口では帰ろうと促しているが、身体のほうはスイッチが入っているみたいだ。

「あぁっ……♥　ね、本当に、ん、濡れちゃうからっ……」

「そうなのか？」

俺は意地悪に言いながら、おっぱいを揉んでいく。

「グロムの手、気持ちよくて、あんっ……♥　だからだめっ、ん……」

彼女は色っぽい声で言った。

「そんなふうに言われたら、むしろ我慢できなくなる」

そう言いながら、彼女の首筋に軽くキスをした。

「んぅっ……あ、それ、んっ……」

「首、弱いんだな」

そう言いながら、息を吹きかけてみる。

「あんっ♥ あうっ、後ろからだと、んっ……」

あるいは、外ということもあって、いつもより敏感になっているのかもしれない。

ベッドの上なら身体のあちこちを触るのも普通だが、外で首に触れられる機会って、そうそうないからな。

「あぁ……♥ ん、ねえ、本当に、あたし、んっ……」

彼女はもじもじとしだした。

気持ちよくなっているのだろう。

「あふっ、ん、あぁ……♥」

俺はおっぱいを揉みながら、首にもさらに刺激を与えていった。

「あぁ……ん、ふぅっ……」

彼女は声を漏らしながら、されるがままになっていた。

それをいいことに、俺は服の内側へと手を入れていく。

「あぁ、グロム、んっ……」

胸元が大きく開いているため、手を差し入れやすい。

直接、その柔らかな膨らみを揉んでいく。

「んぅっ……もう、本当に、あんっ……収まらなくなるから、あぁっ……」

彼女は気持ちよさそうな声を出して、身体を揺する。

「乳首も立ってるな」

「あんっ♥」

俺はつんと尖り始めた乳首を、指先でいじっていった。

「んぁ、ああっ……♥　だめ、ん、ふぅっ……」

くりくりと敏感乳首をいじっていく。

「やぁっ……♥　ん、はぁっ、乳首、いじるのだめぇっ……」

「こんなに気持ちよさそうなのに？」

「気持ちいいからだめなのぉ……♥　外でこんな、あぁ……」

「こっちは、もっといじってほしそうだけどな」

「んはぁっ！　あっ、あぁ……」

乳首をつまみながら言うと、彼女が嬌声を上げる。

「ほら」

「んぁ……あぁ、だめぇっ……もう、ん、あぁっ……」

「外でこんなに感じて……ネブリナはドスケベだな」

「そんなこと、んっ……」

そう言いながら、身体を動かしてくる。

そのお尻を、俺に擦りつけるように動かしてきた。

そして、ネブリナが言い返してくる。

「グロムだって、おちんちんガチガチにしてるじゃないっ……んっ♥　外でこんな、勃起チンポしてたら丸わかりなんだから、んっ……」

「たしかにそうだな」

俺は言いながら、胸を揉んでいく。

そして彼女のお尻に、ズボン越しの勃起竿を押しつけていった。

「あふっ、んっ……こんな、欲望を抑えきれない、ズボン越しでも丸わかりの勃起チンポしてたら、捕まっちゃうんだから」

「そうかもしれないぞ。早く鎮めてくれ」

そう言いながら、俺はおっぱいへの愛撫を続けていく。

「路地を出る前に、一度すっきりさせとかないとな」

「そんな、んぁ……♥」

「それにネブリナだって……」

俺は手を下へとずらし、今度はスカートの中に忍び込ませる。

そして下着越しに、彼女の割れ目をなぞり上げた。

「もうこんなに濡れてる……」

「あうぅっ……♥」

彼女のそこはすでに湿っており、下着越しでもわかるほどだった。

「こんな状態でお預けされたら、ネブリナだって帰るのが大変だろう？」

そう言いながら、割れ目をくちゅくちゅといじっていった。

「あんっ♥　あふっ、そうかも、しれないけど……んぁっ……♥」

普段はえっちなことに積極的なネブリナが恥ずかしがっている姿というのは珍しく、かわいいのでついつい責めてしまう。

「ほら、ネブリナのここは、もう準備できてるみたいだぞ……」

「あぁっ、だめっ、お外で、そんなにおまんこくちゅくちゅしちゃ……んぁ……♥」

かわいい声を上げ始める。

俺はそのまま、下着をずらしてしまう。

「あぅっ……もう、グロム……！」

口ではそう言いつつ、もうすっかりとエロい空気になっていた。

「もう、知らないんだから……」

諦めたのか、そう言った彼女は、こちらへと振り向いた。

「こんなにされたら、もう我慢なんてできないんだからね。ほら、グロムもおちんぽ出して……ズボンの中で、そんなに苦しそうにして」

彼女は俺に向き直ると、自分のズボンの前をくつろげ、肉棒を取り出した。

「こんなにガチガチにして……本当に変態なんだから……♥」

そう言いながら、彼女は肉棒を軽くしごいてくる。

「外でいきなりえっちなことしたお返しに、このまま手だけで、ぴゅっぴゅっさせちゃおうかしら？　ほら、しーこしこっ」

「うっ……」

彼女はカリ裏に指をこすりつけるようにしながら、ひねりを加えてしごいてくる。

俺の弱点を知っているネブリナの手コキは、油断してこのままさせていると、本当にイかされてしまいそうだ。

「しゅっしゅっ、しこしこっ……♥　ほらぁ……おちんぽ、気持ちよさそうに我慢汁をこぼして、んっ……ふぅっ……」

「ネブリナ、んっ……」

彼女は妖艶な笑みを浮かべながら、手コキを続けていく。

その気持ちよさに浸るのもいいが、目の前におまんこを濡らしている美女がいるのだ。

当然、その膣内に挿れたいと思う。

「ネブリナ、ほら」

「あんっ♥　あっ……」

俺は、彼女を壁に押しつける。

ネブリナは驚きながらも、期待に満ちた目で俺を見た。

その視線に我慢できなくなり、俺は彼女の片足を抱えるようにして開かせた。

「あぁ……♥」

彼女は声を上げながら、その秘めたる場所を無防備にさらされてしまう。

もうすっかりと濡れ、肉竿を待っているおまんこ。

俺はたぎる剛直を、その膣口へと押し当てた。

「あぅっ、お外でこんな、んっ……」

口ではまだそう言いながらも、挿入されるのを待っているようだった。

俺は期待に応えるように、腰を進めていく。

「んっ……はぁ、あぁっ……♥」

肉棒が膣襞をかき分け、その中に埋まっていく。

「あぁ……♥　本当に、お外で、挿れられちゃってる……♥」

ネブリナは気持ちよさそうに言って、俺を見つめた。

「んっ♥」

俺はそんな彼女にキスをして、身体を寄せる。

「んむっ……ふぅっ、んっ……♥」

身体が密着し、おっぱいが俺の身体で柔らかく押しつぶされていた。

「んっ、ふぅっ、あぁっ……♥」

そして肉棒も、しっかりと蜜壺の奥へと挿入されている。

俺は唇を離すと、腰を動かし始めた。

「んはっ♥　あっ、ん、ふぅっ……！」

ネブリナは気持ちよさそうな声を漏らしていく。

その声に押されるかたちで、俺も腰を振っていった。

「んはっ♥　あ、ああっ……」

「ぐっ、すごい締めつけだな」

俺のモノを受け入れ慣れている膣内は、しっかりと肉棒を受け入れてしごいてくる。

「あぁっ♥　ん、ふぅっ……」

蠕動する膣襞に擦り上げられ、気持ちよさを感じながら、腰を動かしていく。

「あふっ、ん、あぁっ……あたし、んっ、はぁっ……お外でこんな、あうっ……感じて、ん、はぁっ……♥」

「ああ、すごくエロくていいぞ」

「いやぁっ……♥　さすがに恥ずかし、ん、ふぅっ……♥」

ネブリナは羞恥に頬を染めながら感じている。

その影響か、おまんこがきゅうきゅうと締めつけてきていた。

「ネブリナ、いつもより感じてるみたいだな。外だからか？」

「そんなこと、ん、あうっ……ないっ、んっ♥」

そう言いながらも、彼女は顔を背けた。

余裕のない、そのわかりやすさが欲情をあおってくる。

「んはぁっ♥　あっ、ん、ふぅっ……」

俺は彼女の足をつかみながら、腰を深く打ちつけていった。

「んくぅっ♥　あっ、奥まで、んぁ、おちんぽが、んぁっ……！」

突かれるまま、気持ちよさそうに身体を揺らしている。

「んぁっ、あっ、ああっ……グロム、ん、だめぇっ……♥　あんっ！　んはぁっ……！」

彼女は大きく喘ぎ、膣内を締めてくる。

「ぐっ……ネブリナ、あまり声を出しすぎると、ここは一応は道なんだし」

「あぁっ……それは、んっ。本当にだめっ……むぅっ……」

彼女はそう言うと、片手で自らの口を押さえた。

「んむっ、ん、んんっ……！」

そして声を押し殺そうとする。

耐えようとするその仕草がしかし、俺の嗜虐心を煽ってきた。

「んんっ！　んっ、んんーっ！」

そのせいで、より力強いピストンでおまんこを突いてしまう。

「んっんっ！　ん、んんっ！　んー！」

彼女はなんとか耐えようとしているのだが、ますます感じているのが伝わってくる。

そんなかわいらしいネブリナを前に、俺は抑えきれず腰を打ちつける。

「んむ、ん、んん……！　ね、グロム、んぁっ……そんなにされたら、声出ちゃううからっ、んぁ、あああっ！」

手を外したため、そのまま喘ぎ声も響いてしまう。

「んひぃっ！　あっ♥　だめ、もう、んぁっ……！　イっちゃう……！　お外で、おちんぽ挿れられて、イっちゃうっ……！」

「ああ。街中でエロくハメイキするところを見せてくれ！」

「んはぁぁぁっ♥　あっ、だめっ、あうっ、イクッ！　もぅ……あ、あぁっ、んくぅっ！　あっ、はぁんっ！」

「ぐ、これは、うっ……」

いつもより、だいぶ締まる。うねる膣襞に擦り上げられ、俺も限界が近くなっていた。

ネブリナはすっかり快楽に溺れ、感じるままに声を上げている。

「んはぁっ、あっあっ♥　もう、すごいのぉっ……気持ちよすぎて、あっ、あぁっ、イクッ、んぁっ、イクウウゥゥゥッ！」

「う、あぁ……！」

どびゅっ、びゅくっ、びゅるるるるっ！

まるで絞り出されるように、俺も射精していた。

「んはぁぁぁっ♥　あ、あぁっ……すごい……♥　お外で、せーえき、おなかにいっぱい出されてるっ……♥　あぁっ……」

絶頂おまんこに中出しを受けて、彼女がうっとりと呟いた。

蠢動する膣襞がペニスを締め上げて、精液をさらに絞り尽くしていく。

「あぁっ……♥　ん、グロム、あぁっ……」

彼女が寄りかかるようにして、体重を預けてきた。

俺はそんなネブリナを抱きしめながら支える。

「あふぅっ……」

しばらくは、俺に抱きつきながら息を整えていた。

俺も肉棒を引き抜くと、やっとひと呼吸つく。

彼女も、もう問題なく自分で立てるみたいだ。

「もうっ、グロムってば……外で発情して、あたしを襲っちゃうなんて……」

彼女は怒るように言いながらも、自分も乱れまくっていたため、あまり強さはなかった。

「気持ちよかっただろ？」

「……そう、だけどっ」

恥ずかしそうに認めるネブリナは、とてもかわいらしい。

「たまにはこういうのもいいだろ？」

彼女は反射的に俺をにらんだが、気持ちよさを思いだしたのか、すぐに顔を背けた。

「もう……次するときは、ちゃんと着替えがあるときにしてよね……」

「了解」

外ですること自体がダメとは言わないあたり、彼女もやはり楽しんでくれたみたいだ。

「こんな格好で、どうやって表通りに出るのよ……」

おまんこからは、混じりあった体液がこぼれ落ちている。

そしてパンツのほうも、彼女の愛液ですっかり濡れてしまっていた。

「そうだな……それじゃ、俺の服を身体に掛けて隠して、お姫様だっこで帰るか」

「えっ、そんな……恥ずかしいじゃない」

そう言いながらも、ネブリナはまんざらでもなさそうな顔だ。

お姉さんとして振る舞うことが多いものの、やはり女の子。

そういうのも好きらしい。

それなら決まりだ。

ということで、俺は彼女をお姫様だっこして、店まで戻ることにしたのだった。

女らしい柔らかさのあるネブリナだったが、レベルの上がっている俺からすれば、とても軽いものだ。

まあ、行為後でフェロモンを漂わせているネブリナをしばらく抱きかかえていたので、興奮してしまったが……。

そして帰った後も、俺はそのままベッドへと向かったのだった。

ドラゴン特需も徐々に落ち着いていったのだが、その影響は大きく、ベースとなる全体的な重要が前より高まったまま推移していく。

店としては大成功、という状態で、ネブリナも忙しそうだ。

「やっぱり、グロムと組んだあたしの目は確かだったわね♪」

ネブリナは嬉しそうに言う。

「ああ。ネブリナのおかげで商品を知ってもらえて、こうして顧客も増えているしな」

俺ひとりでは、たとえ錬金術で現代知識をベースにした家電を作っても、怪しげな品だと思われて売れなかっただろう。

そのあたりをわかりやすく説明して売り込んだり、話を聞いてもらえるだけの信頼関係を築けていたのは、ネブリナの力だ。

今だって、多くの発注がある中でも、スケジュールを組んでうまくさばいてくれている。

昼は工房でのアイテム作り、夜は美女たちと身体を重ねる、という最高の日々は、まだまだ続けることができそうだった。

それに俺は、街へ出たときに、声をかけられることが多くなっていた。

無名だった冒険者の頃には、思いもしなかったことだ。

それが冒険者を辞め、錬金術師として工房にいる今のほうが、人々に好かれている。

なんだか、不思議なものだった。

「あくまで商品がいいから……だけどね」

ネブリナはいつも、そんなふうに言ってくれる。

錬金術、しかも爆速レベルアップによる、本来なら考えられないチート級の能力によってではあるが、かなり独自のものを生かせている自信はある。

そのおかげで、この店の商品はここでしか手に入らない特別なものになっているのだ。

しかし、それもこれも全部、ネブリナが俺を誘ってくれたおかげで、できるようになったものだ。

いくら感謝しても、したりない。

「それじゃ、ちょっと商談に行ってくるわね」

「ああ、いつもありがとう」

あらためて、この幸せをかみしめるのだった。


そして夜になると、俺の部屋にまた誰かが来た。

今日はラヴィーネとスティーリアの、ふたりが来たようだ。

こうして彼女たちが複数で訪れることも、すっかり増えてきていた。

まあ、俺としては美女たちに囲まれ、求められるのは大歓迎といったところだ。

「今日は、わたくしたちふたりで来ましたわ」

「意外と珍しい組み合わせだよな」

今ではすっかりと俺好みのエロエロな面を見せてくれるふたりだが、どちらも最初は経験もなく、純粋なほうだった。

教会育ちとお嬢様だし、知識はあったとしても、あまり実際にぐいぐい来るような経験値がなかったのだ。

そんな彼女たちの背中を押すように、ネブリナが一緒に来ることは多かったが、このふたりでというのは初めてではないだろうか？

「そうですの？」

スティーリアが首をかしげる。

「けっこう、一緒にいる気もしますけれど」

スティーリアが言うと、ラヴィーネもうなずく。

「一緒に、グロムさんの仕事を見ていることも多いですし」

「……そうかもな」

俺はすっかり、夜のほうばかりで考えてしまったが……。

確かに、昼間を含めれば、彼女たちふたりという場面も結構多いかもしれない。

俺は工房、ネブリナは店先や先方のところへ出向いていることが多い。

彼女たちは、その時々でどちらかを手伝ったり、あるいは見ていたりするので、ふたりで一緒にいる機会自体はむしろ一番多いのかもしれない。

そんな俺を見て、スティーリアがいやらしい笑みを浮かべた。

「あっ、グロムが言っていたのは、夜ことですわね……♪」

「ああ、まあ、そうだな」

俺がうなずくと、彼女は笑みを浮かべながら近づいてくる。

「安心してくださいな♪　今ではわたくしたちも、たっぷりとグロムを気持ちよくすることができますわ♥」

そう言って、スティーリアが左側に来る。

「そうですね。グロムさんの身体についても、ちゃんとわかってますから♪」

ラヴィーネが楽しそうに言いながら、右側へと回る。

そして俺は、彼女たちに挟み込まれる形になるのだった。

「それではさっそく……」

そう言って、ラヴィーネが俺のズボンに手をかけてくる。

「ん、ちゅっ……♥」

その間に、スティーリアは俺の顔を向けさせ、キスをしてきた。

「ちゅっ……れろっ……」

そして熱く、舌を絡めてくる。

「ぺろっ……ちゅぷっ……んっ……♥」

俺はスティーリアの舌に応えるように、こちらかも舌を伸ばし、絡めていく。

「れろろっ……」

「おちんちん、出てきましたね♪」

その間に、ラヴィーネは俺のズボンを脱がし、ペニスを取り出していた。

そしてそのまま、手でさわさわといじってくる。

「この状態のおちんちんは、なんだかかわいいですよね。よしよし」

そう言って、指先で先端をなで回してきた。

「ちゅぷっ、ん、ふぅっ……」

スティーリアと舌を絡ませながら、肉竿をラヴィーネにいじられる。

「わっ、おちんちん膨らんできました♪」

そんな状態では、当然肉棒も反応してしまう。

ラヴィーネは、勃起してきた肉棒を軽くしごいていく。

「ん、ふぅっ……」

そこで、スティーリアが唇を離した。

その彼女に、ラヴィーネがアイコンタクト送る。

「ん……」

それにうなずいたスティーリアが、身体を下へとずらした。

そしてふたりが、俺の股間へと近づく。

「私たちふたりのお口で、気持ちよくしていきますね♪」

ラヴィーネがそう宣言すると、舌を伸ばしてきた。

「れろぉ♥」

「うっ……」

そのまま、肉竿の先端を舐め始める。

「わたくしも、ぺろ……」

「おお……」

スティーリアも舌を伸ばして、肉竿を舐めてくる。

「れろっ……ちろっ……」

「ぺろっ、ちゅっ……」

美女ふたりに、同時に肉棒を舐められている状態だ。

「ちろっ……ちろろっ」

「れろ、れろぉ……」

ふたり分の舌が舐めてくる気持ちよさはもちろん、その光景も興奮する。

「あむっ、れろっ……」

「ちろろっ……」

彼女たちは顔を寄せ合って、連携するように俺の肉棒を舐めていた。

「むっ、ちゅっ……♥」

「れろろっ……ちゅっ♥」

ふたりが一緒に、亀頭にキスをしてくる。

俺のチンポをはさんで、美女ふたりがちゅっちゅとしているのは眼福だ。

そんな景色に見とれていると、スティーリアは妖艶な笑みを浮かべながら、口を開けた。

「先っぽ、気持ちいいんですのね？　それなら……ん、れろっ……ちゃんと咥えこんで……んっ、あーむっ♪」

「うぉっ……」

スティーリアは先端を咥え、唇と舌で刺激してくる。

「それなら私は、根元のほうを、ちゅぶっ……れろろろっ」

「おぉ……」

それに対抗するように、ラヴィーネが肉棒を唇で挟み込んでしごいてくる。

根元と先端をそれぞれの口で愛撫され、気持ちよさが膨らんでいく。

「あむっ、じゅぷっ……じゅるるっ……」

「ちゅぱっ……ちゅぷ、ちゅぽんっ♪」

「うおおっ……いいな」

ふたりの愛撫に、どんどんと快感があふれてくる。

「あむっ、じゅるっ……うふふ」

「ちゅぱっ、ん、ふぅっ……気持ちいいですか♥」

彼女たちが顔を寄せて、楽しそうにフェラを続けていく。

「おちんちんの先っぽ、んむっ、膨らんできましたわ……」

「もう出そうなんですか？　ちゃぱ、ちゅぷっ……」

「ああ、そうだな。ふたりに責められていると、うっ……」

美女ふたりのフェラで、俺の限界が近づいてくる。

「我慢なさらないでください。それじゃ、もっと激しく……じゅぶっ、ちゅぱっ、じゅぶぶっ……！」

スティーリアが頭を動かしながら、肉竿に吸いついてくる。

「うぁ……」

「私も、ちゅぱぱっ、じゅぶっ、ちゅぱっ！」

ラヴィーネも肉棒を唇でしごき上げ、射精を促してくる。

「んむっ、ちゅぱっ……♥　グロムさん、ん、ちゅぶ、じゅるっ……」

「あむっ、じゅるるっ、おちんぽに吸いついて……♥　んむっ、ちゅぶ、じゅぶぶっ、じゅるるるるるっ♥」

「うぁ……」

最後にスティーリアがバキュームしたのに合わせて、俺は射精した。

「んむっ、ん、んんっ♥」

肉棒が跳ね、勢いよく精液を繰り出していく。

スティーリアがそれをすべて口で、舌先の粘膜と喉奥で受け止めていった。

「わっ、すごいです……おちんちんびくびく震えて……♥」

根元のあたりを咥えていたラヴィーネが楽しそうに言う。

「ん、んんむっ、ん、ふぅっ……」

スティーリアは一度舌の上に溜め込み、射精が終わるとそのまま精液を飲んでいく。

「んく、ん、ごっくん♪」

そしてようやく、肉竿を口から離す。

「すごく濃い精液でしたわ♥　わたくし、やっぱりこれが大好きですわね。お口で受け止めるの、嬉しいですわ」

スティーリアが笑みを浮かべながら言った。そんな彼女が、うっとりとこちらを見る。

「ふたりとも、おいで」

俺は仰向けになって、ふたりを誘った。

彼女たちは、すぐにこちらへと来る。

スティーリアが、スカートをたくし上げながら言った。

「あんなに濃い精液をお口に出されて……わたくし、すっかりとスイッチが入ってしまいましたわ……。ほら、んっ……」

そう言って見せてくる下着は、もう愛液でしっとりと濡れ、割れ目の形が浮かび上がってしまっていた。

そんな彼女が、自分で下着を脱いでいく。

「んっ……ふぅっ……」

そして、濡れたおまんこを見せてくる。

「グロムのおちんぽも、まだまだ元気ですわね」

「ああ、もちろんだ」

俺がそう応えると、スティーリアがいそいそと跨がってくる。

「では、次はわたくしのおまんこで、んっ……」

そう言って、彼女は肉竿を自らの膣口に導きながら、腰を下ろしてくる。

ぬぷり、と膣襞が肉棒を飲み込んでいった。

「んっ……あぁ♥　ふく、んっ……！」

スティーリアが声を上げ、肉棒を受け入れていく。

「ん、はぁ……太いおちんぽ、はいってきましたわぁ……♥」

うっとりと言いながら、腰を下ろすスティーリア。

「ふふっ♪　はぁ……気持ちいいですわ」

体内にずっぽり納めきると、いろっぽい笑みを浮かべてくる。

「ラヴィーネも、こっちに」

「はいっ」

俺はラヴィーネをそばに呼び、こちらは顔の上に跨がらせる。

先ほどは彼女が舐めてくれたので、次は俺が気持ちよくしていく番だ。

「あぅ……この格好、さすがに恥ずかしいですね……んっ……グロムさんが、私のアソコをまじまじと……んっ……」

「さっき、ラヴィーネがしていたのと変わらないけどな」

「するのとされるのは違いますっ……んっ……」

恥じらいを見せながら。かがみ込んでくるラヴィーネ。

俺は下着を脱がせ、彼女の濡れたおまんこに口をつけていく。

「ひうっ……♥　ん、あぁ……」

びっちょりと潤うその陰唇を舐め上げ、刺激していった。

「んはぁ、あぁっ……♥」

ラヴィーネは嬌声を上げながら、俺の顔におまんこを押しつけてくる。

「ん、ふぅっ……あぁ……♥」

そしてスティーリアが腰を動かし始め、膣襞が肉棒をこすり上げていく。

「ん、はぁ……ん、ぁあっ……」

俺の視界はラヴィーネのおまんこに塞がれていて見えないが、そのため予想できないタイミングで肉棒が刺激されていく。

「あふっ、ん、あっ♥　あぁっ……」

スティーリアが気持ちよさそうに腰を振っていった。

「んはっ♥　あっ、んっ……」

俺は舌を動かし、ラヴィーネのアソコを愛撫していく。

「あぁっ……♥　ん、はぁ……」

「んぅっ、あうっ……」

俺の上で、ふたりの美女が快感で声を上げている。

男としての喜びが湧き上がってくるのを感じる。

「あっ、ん、ふぅっ……おちんぽ、中をこすって、あぁっ……」

「あふっ、グロムさんの舌が、あっ♥ おまんこペロペロして、んぁっ♥」

彼女たちの嬌声を聞きながら、舌を動かしていく。

「あふっ、ん、あぁっ……」

「んくぅっ！ あっ、あぁっ……♥」

その間も、スティーリアの腰遣いで肉棒が刺激されていく。

「あふっ、ん、あぁっ……」

「あっ♥ そこ、ん、うぅっ……！」

彼女たちの重なる嬌声がどんどんと大きくなっていった。

「グロム、んぁ、あっ、んくぅっ♥」

積極的に腰を振りながら、スティーリアが悶える。

その声の魅力で膣内の気持ちよさを倍増させながら、俺はラヴィーネを愛撫していく。

「んぁ、ああっ！ 舌が、クリトリスを責めてきてます、んぅっ♥」

敏感な淫芽を刺激すると、ラヴィーネも淫らな声を漏らしていく。

「あふっ、ん、あぁ。んはぁっ♥」

「あぁっ、おちんぽ、びくんと跳ねて、んぁっ♥」

それと同時に、愛液が溢れてきた。

その蜜壺へと舌を忍び込ませ、膣襞を舐め上げていく。

「あぁっ♥　そこ、ん、んぁ、ああっ……！」

愛撫しながらかわいらしいラヴィーネの反応を楽しんでいると、スティーリアのおまんこが肉棒を激しく擦り上げてくる。

「んはぁっ♥　あ、んぅっ……」

乱れていくふたりを感じながら、俺も快楽に浸っていった。

「んはぁっ、あっあっ♥　おちんぽ、中を、んっ、ああぁっ……いっぱい、突いてきてるっ、ん、あぁっ……」

「んふぅっ、あ、あぁっ……すごいですっ♥　あふっ、ん、グロムさんの舌が、私のクリトリス、あ、んはぁっ♥」

やはり淫芽が気持ちいいらしく、ラヴィーネが乱れていく。

腰を揺らしながら押しつけてくるのがまたエロく、俺を興奮させていった。

「あぁっ♥　ん、はぁ、ああっ……！」

「んぅっ、ふぅ、あぁっ……」

愛する美女ふたりの嬌声を聞きながらのセックスは、最高の癒やしだ。

その気持ちよさに俺も高まり、射精欲が増してくる。

「あぁっ♥　また、おちんぽ膨らんで、ん、ふぅっ……」

膣襞で感じたスティーリアが、そう言いながら腰の速度を上げてくる。

「んぅぅっ♥　あ、グロムさんっ、そんなに、んぁ、ああっ……♥　クリ……いじられたらぁ、あっあっ♥」

ラヴィーネが興奮し、ピンクの綺麗なおまんこを押しつけてくる。

俺はその中心、敏感なクリトリスに吸いついていった。

「んはっ♥　あっ、だめ、だめですっ♥　あっあっ♥　私、んぁ、イっちゃいますっ♥　もう、あっ、あああぁぁぁっ！」

びくんと身体を揺らしながら、ラヴィーネが絶頂したようだ。

愛液があふれ、俺の顔を汚していく。

「んはっ♥　あっ、わたくしも、んぁっ、もう、あぁっ……♥　イキそうですわっ、ん、はぁっ♥あっ、ああっ！」

「う、んむっ……！」

うねる膣襞にしごき上げられ、射精感が増してくる。

「あふっ、あっあっ♥　イクッ！　もう、あぁっ、おちんぽ、太いのに突かれて、あっあっ♥　んはぁっ！」

スティーリアが興奮に任せて腰を振ってきた。

「ああ、もう、んはっ、あくぁっ！　んくぅっ！」

蠕動する膣襞が絡みつき、肉竿をこすり上げる。

「あぁっ、んはぁっ……！　すごいの、きちゃいまわすわぁっ♥　あっ、イクッ、もう、イクッ、イクウゥウゥウゥッ！」

どびゅっ、びゅるるるるるっ！

「んはあぁぁぁっ♥」

スティーリアの絶頂を見計らって、同時に俺も射精した。

「んはぁっ♥　あ、ああっ……♥　熱いの、びゅくびゅく出てますわ……♥　わたくしの中に、んっ、あぁっ……♥」

うっとりしながら、幸福そうに精液を受け止めている。

「あふっ、ん、あぁ……♥　あぅっ、ん、あぁ……♥」

クンニでイッたラヴィーネも、快楽の余韻にぼーっとしながら身体を横たえた。

「ん、ふぅっ……」

「ああ、やっぱりグロムとのセックス、すごいですわ……」

俺も美女に囲まれながら、射精後の倦怠感に浸っていく。その気怠さが、とても心地良い。

こんなふうに気持ちいい夜が、これからもずっと続いていくのだ。

ほんとうに、最高の気分だった。

エピローグ　成り上がり無双の暮らし

時は流れ、今ではお店もすっかりと大きくなり、確固たる地位を築いていた。

俺の錬金術とネブリナの手腕が重要なので、二号店などのオープンはできないのだが、すっかり有名になり、経営は安定していた。もちろん、これ以上忙しくなって、自分たちの時間が取れないのを、避けるためでもある。

それでも街になくてはならない定番のお店として根付き、貴族からも高評価を受け、依頼が舞い込む日々だ。

さらに噂は街の外にまで広がっていて、この街より前線――モンスターが強く、上位の冒険者が集うところ――からもわざわざ訪れる人がいるくらいだった。

かつて冒険者だった頃は、声をかけることすらできなかったような勇者たちが、俺の作ったアイテムを求めてくるのだ。

あらためて、ずいぶんと変わったな、と感慨深くなるのだった。

中にはまだ、冒険者パーティーや貴族などが自分のところに……と勧誘してくることもある。

そしてそれを、スティーリアの父親を含むこのあたりの貴族が止める、というのがお約束にまでなっているくらいだ。

俺としては当然、この土地を離れるつもりはないが。

しかし、貴族まで俺を取り合うとは……。

自覚はないが、爆速レベルアップの力で、信じられないくらいの大物になっているみたいだ。

そんな素晴らしい生活の中でも、一番と言えば……やはり夜だろう。


「ほら、早く♪」

ベッドの上には、ラヴィーネ、ネブリナ、スティーリア、三人の美女がその魅力的な肢体を露《あらわ》にして、俺を誘っていた。

「グロムさん、こっちに」

「早く服なんて脱いでくださいませ♪」

それぞれに誘う彼女たちに囲まれ、すぐに脱がされてしまう。

全裸の美女三人に襲いかかられ、脱がされていくのは気分がいい。

「あんっ」

「ん、ふぅ……」

「わたくしも、えいっ♪」

「うお、三人とも……」

俺を脱がし終わると、のしかかるように身体を押しつけてくる。

細い腕や足が絡みついてくるのだが、一番インパクトがあるのはやはり、三人のたわわなおっぱいだろう。俺はこの瞬間が、大好きだ。

むにゅん、ふにょんっと、あちこちからおっぱいが押しつけられる。

幸せな柔らかさに包み込まれてしまった。

「ん、ふぅっ……」

「あん、乳首こすれちゃうっ……」

「ん、しょっ……」

ぽよんっ、ふにゅんっと、女の子のおっぱいに包まれているのは幸せだった。

そして当然、男として反応してくる。

「あんっ♥　おちんちん、大きくなってきてる」

「ほら、すりすりー」

「うっ……」

「きゅって握ると、手の中でどんどん大きくなってきますわね♥」

「硬いおちんぽ、しこしこっ……♥」

「うぁ……」

三人が思い思いに俺の身体をいじり回してくる。

ひとりの手に意識が向くと、ふたりの手が思わぬところから責めてくる。

「おちんちんすりすりー」

「たくましい胸板に、おっぱいをおしつけて、んっ」

「裏筋のところが、気持ちいいんですわよね」

そんなふうに彼女たちにおっぱいを押し当てられ、肉竿をいじられ……俺はハーレムプレイの気持ちよさに浸っていった。

「ほら、ん、もっと……」

「おちんちん、いっぱい気持ちよくなってね♪」

「グロム、手をこちらに、あっ、そこですわっ♥」

スティーリアのおまんこをいじると、彼女が気持ちよさそうに反応する。

「おちんちんしこしこっ……」

「あ、んっ、グロムの太ももが、あっ♥」

ネブリナがその割れ目を押しつけて、俺の脚の辺りで動き始める。

ふにっとした恥丘の感触とともに、愛液があふれてくるのがわかる。

「あっ、ん、ふぅっ……」

「ひうっ♥ あ、ああっ……！」

愛液をたっぷりとつけた指先でクリトリスを軽くいじると、スティーリアがあられもない声を出した。

「んはぁっ、あ、あぅっ……」

「あたしも、あっ、ん、んくっ♥」

俺はネブリナに合わせて、足を動かしていく。

「あっ♥　ん、はぁっ……」

「グロムさん、ん、あふっ、んぁ……」

そしてもう片方の手で、ラヴィーネのおまんこもいじっていった。

「あ、んはぁ、ふぅっ……」

ラヴィーネはおまんこをいじられながら体勢を変えていく。

そして、より俺の近くにおまんこを突き出してくるのだった。

えっちに貪欲な姿は大好きだ。

そう思ってさらにおまんこをいじっていると……。

「えいっ♪」

「うぁっ……」

ラヴィーネは俺のチンポをしっかりと握り、しごいてきたのだった。

「あふっ♥　ガチガチのおちんちん、んっ……すっごくえっちです……♥　ほらぁ……♥　しこしこ、しーこしこっ♪」

どうやら、体勢を入れ替えたのは秘部を愛撫してほしいというだけでなく、自分が肉棒をいじるためでもあったようだ。

「あぁ……勃起おちんぽ、しこしこっ、きゅっきゅっ……♥　血管の浮き出てる、たくましいおちんぽ……♥」

「う、それっ……」

「んひゃっ♥」

そんな彼女に負けないよう、俺も陰唇をいじっていく。

「あっ♥　ん、はぁっ……」

「グロム、あぅっ、んぁ……♥」

他のふたりへの愛撫も激しくなり、彼女たちも声を上げていった。

「んはぁっ♥　あっ、んっ……」

「ふぅっ、ん、あんっ♥」

「んむっ、ん、んぁっ……♥」

三人の嬌声を聞きながら、身体を動かしていく。

「あぁっ……ん、はぁ……♥」

「あんっ♥　そこ、ん、うっ……」

「あふっ、ん、あぁっ……♥」

四人で身体を合わせているとなると、さすがに密集するし、あちこちいろんなところに身体が当っていく。

おっぱいに包まれている俺はもちろん、彼女たち同士でもそうだ。

そのままさらにカオスな状態で乱れ合い、愛撫を続けていった。

「あっ♥　んはぁ、あぁぁっ……」

「そこ、あっ、ん、んふぅ……♥」

「んぁっ、あぁっ……んっ♥」

常にどこかから響く嬌声を聞いていると、欲望もどんどん高まってくる。

こうしていちゃいちゃしているのも気持ちがいいが、もっと直接的に、異性を味わいたくもなってくるものだ。

「三人とも、ベッドの上に四つん這いになってくれ」

俺がそう声をかけると、彼女たちは動いた。

一度俺から離れ、そのまま並んで四つん這いになっていく。

その光景は絶景だった。

俺は改めて、彼女たちを眺める。

三人の美女が、最高に魅力的なお尻をこちらへと向けている。

無防備に差し出されたおまんこはもう濡れており、その姿は俺を滾《たぎ》らせた。

「グロムさん、私、もう待ちきれないです……」

そう言って、ラヴィーネが小さくお尻を振った。

いやらしいその動きに目を引かれていると、今度はネブリナがアピールしてくる。

「ね、あたしのここに、グロムのおちんぽを挿れて」

そう言って、自らの手で割れ目をくぱぁっと広げてみせるネブリナ。

ヒクつくピンク色の内側はとてもエロい。

「わ、わたくしも……ん、あぅ」

ふたりに合わせて、スティーリアもおまんこを見せつけて誘ってきた。

そんな姿を見せられれば、当然、男として昂ぶってしまう。

少し考えた後、俺はさっそく、まずはネブリナへと近づいた。

「あんっ♥」

丸みを帯びたお尻をつかむと、肉棒を膣口へとあてがう。

四つん這いの彼女は、待ちきれないというようにお尻を振った。

「ん、はぁ……♥」

最初はこの穴がいい。最も俺に馴染んだ、最高に癒やされる膣口に肉棒を挿入していく。

「あふっ、ん、あぁ……♥」

肉竿がぬぷりと内側に入り込み、彼女が声を漏らした。

「それじゃ、動くぞ」

「ん、あぅっ♥」

そう言ってから、俺は抽送を始めた。

「あっ♥　ん、ふぅっ……」

蠢動する膣襞が絡みついてくる。何度セックスしても、ネブリナとするのは心地良い。

内部をこすり上げながら、愛しむように往復していった。

「あっ♥　ん、ふぅっ、んぁ……」

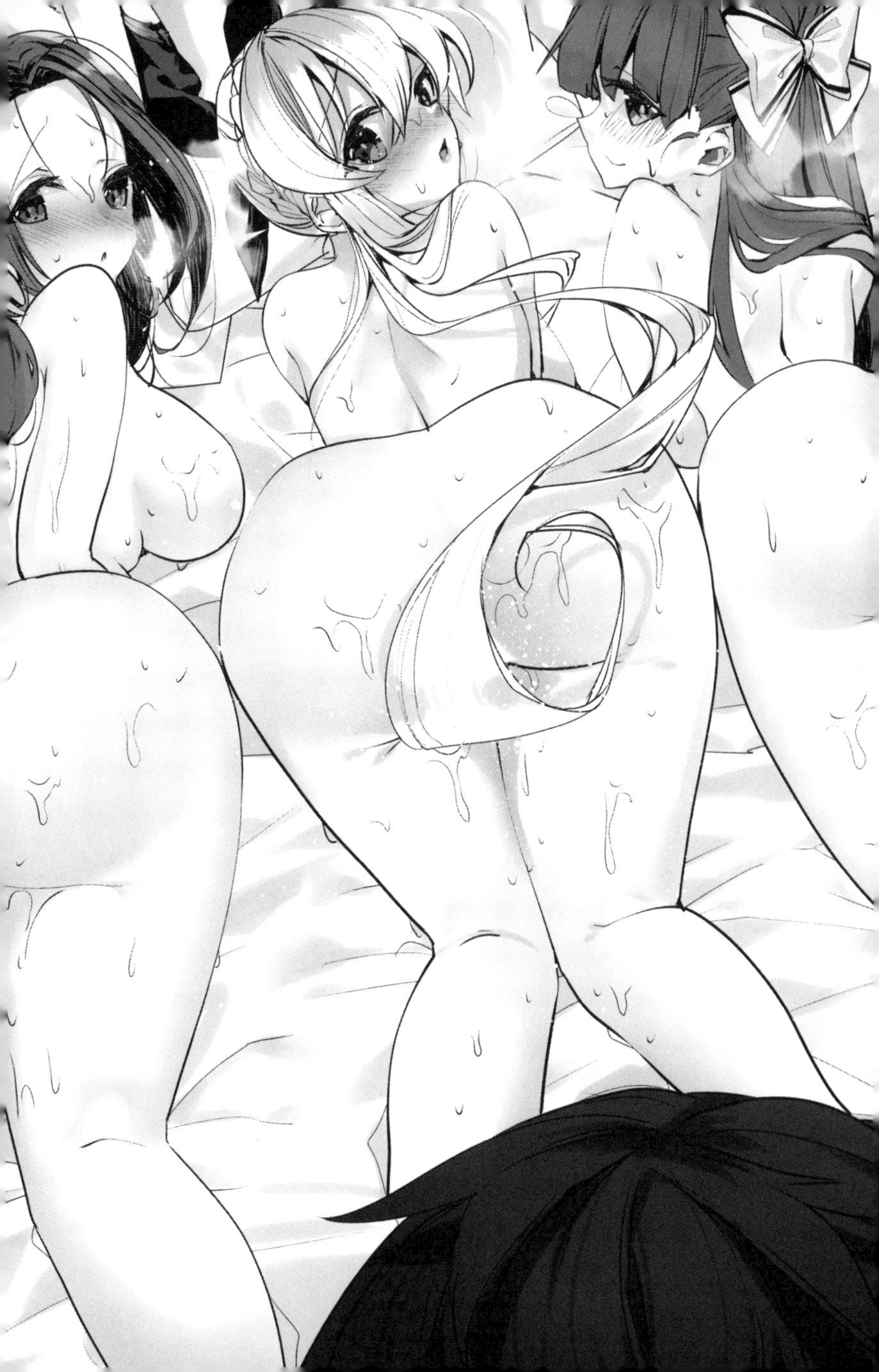

ネブリナがかわいい声を上げながら、快感に身もだえる。

ふたりが横で、その様子を見ていた。

「気持ちよさそうですわ」

「お顔、とろけてます。愛されていますよね」

「あっ♥　ん、やぁっ……そんなに見られたら、んぅぅっ……」

さすがに、ふたりにまじまじと見られるのは恥ずかしいらしく、ネブリナが首を横に振った。

けれど、膣内はむしろ締まり、気持ちよくなっているようだった。

「あっ、ん、はぁっ……ふぅっ、んっ……」

嬌声を上げながら身もだえていく彼女。俺はズンズンとその膣内を突いていく。

「あぁっ♥　ん、はぁ、んぅぅっ……」

ネブリナはますます極まっていった。

「あぁ……すごく感じている顔ですわ」

「こんなに突かれたら、そうなりますよね」

「あっ、やっ、んぅっ……♥　みちゃだめぇ」

ふたりにその様子を見られ、さらに高ぶっていく。

「んはぁっ♥　あっあっ♥　だめ、ん、はぁっ……！」

「ぐっ、すごい締まりだな」

「あぁっ♥　だって、こんな、ん、あぁっ！」

ネブリナがさらに嬌声を上げて乱れていく。

蠕動する膣襞をこすり上げ、俺もピストンを繰り返す。

「んはぁっ♥　あっあっ♥　もう、ん、あうっ、あたし、ん、あぁっ……イクッ！　あっ、ん、イっちゃうっ！」

あえぐネブリナの蜜壺を、ただただかき回していった。

「んはぁっ♥　あっ、ん、もう、あぁっ！　だめっ……イクッ！　イクイクッ！　イックウウウゥウッ！」

「うおっ……」

彼女が絶頂し、膣襞がぎゅっと締まる。

俺はその中を、止まることなく突いていった。

「ああっ♥　んぁ、ああっ、んぅっ！　あああああっ」

絶頂中のおまんこを突かれ、彼女は信じられないほど乱れていく。

「あぁっ♥　イってるおまんこ、そんなに突かれたら、あっ、んはぁっ……♥」

ネブリナはそう言いつつも、さらにこちらへとお尻を突き出してくるのだった。

「んはぁっ♥　あっ、ああっ、またイクッ！　んぁっ、あっ、ん。ふぅっ、イクッ！　んあぁぁぁあっ♥」

そして再び、身体をびくんと跳ねさせた。

「あふっ、んっ……」

さすがに、連続イキで力の抜けてしまった彼女から、肉棒を引き抜く。

そして俺はそのまま、ふたりへと向き直る。

「じゃあ、スティーリアがラヴィーネの下へ入ってくれ」

「わかりましたわ」

すぐに意図を察したようだ。

スティーリアは言われるまま、四つん這いのままでいるラヴィーネの身体の下へと入り込む。

「これ、少し恥ずかしいですわね」

「はい、私もドキドキしちゃいます」

こうなると、スティーリアをラヴィーネが押し倒しているみたいな格好だ。

女の子同士の絡みを見るというのも、なかなかにいい。

しかし、俺の肉棒はたぎっており、もっと直接的な気持ちよさを欲していた。

俺は彼女たちの後ろに回ると、ラヴィーネのお尻を下げさせる。

「あっ……」

「んっ……ああ」

ふたりのおまんこを、重ねるように触れさせてしまうのだった。貝あわせ的な恰好だ。

その状態で、まずはスティーリアのおまんこに挿入していく。

ネブリナの包容力あるおまんこのあとは、スティーリアのキツさが最高だ。

「んはぁっ♥　あっ、おちんぽ、はいってきて、んっ……」

もうすっかりと濡れているその蜜壺は、スムーズに肉棒を受け入れていった。

「あふっ、ん、あぁっ……」

俺はそのまま、腰を動かしていく。

「あくっ、ん、はぁっ、あぁっ……」

ぬぷぬぷと、力強くおまんこを突いていく。

一度引き抜き、今度はその上で物欲しそうにしていたラヴィーネの膣内へと肉棒を突き入れた。

「んあぁっ♥　あっ、グロムさん、んぅっ！」

急に入れられた彼女は、予想外の快楽に声を上げる。

こちらも、もう十分に潤ってチンポを待っていたようで、きゅうきゅうと締めつけてくる。

ラヴィーネのおまんこは、やはりとても柔軟性があった。どう突いても、どこもかしこも気持ちよく押し返してくる。

「あふっ、ん、ああっ……！」

その動きで、ラヴィーネが嬌声を上げていく。

こちらも勢いよく、抽送を行っていった。

「あふ、ん、あぁっ……」

そしてまた引き抜き、スティーリアへ。

「んはぁっ……！　あっ、太いの、ん、くぅっ……！」

「あんっ♥　グロムさん、ん、ふぅっ……」

俺はそのまま、ふたりのおまんこを交互に突いていった。

「あぁっ！　ん、はぁっ、ふぅっ、んぁっ……」

「あうっ、ん、はぁ、んんっ……」

贅沢に美女の膣内を行き来しながら、高ぶっていく。

「あぁっ♥　ん、はぁっ、んぁっ、ああっ……！」

「グロムさん、激し、んぁ、ああっ♥」

彼女たちも感じ、高まっているようだ。

俺自身も、そろそろ限界が近い。

そこで俺は、ふたりのおまんこの間に肉棒を挿入した。

「んはっ♥」

「あ、んうぅっ……！」

上下のおまんこに挟まれた状態で、素股のようにピストンを行っていく。

「あぁっ、ん、これ、クリトリス、こすれて、んぁっ♥」

「あふっ、んぁ、私、もう、あぁ……イキそうですっ……！」

「ああ、俺もそろそろだ」

そう言いながら、ラストスパートで腰を振っていく。

「んぁ、あっ、あっ、もう、んぁ、ああっ……♥」

「イクッ！　ん、はぁっ、ん、ああっ……」

「ぐっ、いくぞ！」

俺は勢いよく腰を振り、ふたりのおまんこを同時に擦り上げていく。

「あぁっ、ん、はぁっ、んぅっ、あぁっ！」

「あふっ、あっあっ♥　ん、はぁっ、んくぅっ！」

駆け上ってくる精液を感じながら、柔らかな陰唇の谷間を突いていく。

「あぁっ、もう、イキますわっ♥　んはぁっ、あっあっ」

「私も、あぁっ、んぁ、ああっ！」

そして、ふたりの声が重なった。

「「イックウウゥゥウゥウゥッ！」」

「ぐ、出すぞ！」

びゅくんっ、びゅるるるるっ！

彼女たちの絶頂に合わせ、俺も秘裂にぶっかけるように射精した。

「ああっ♥　熱いの、いっぱい出てますわ♥」

「あふっ、おちんちん、びくびく跳ねて、あぁっ……♥」

俺はふたりの秘裂の間で果て、まだ微かに射精しながらも、肉棒を引き抜いていった。

「あふっ……♥」

「ん、あぁ……♥」

ふたりとも、快楽の余韻に浸ってぐったりとしている。

出し切った倦怠感に身を任せ、俺もベッドに横になる。

三人もの美女に囲まれる、幸せな夜だ。

冒険者だった頃には、考えもしなかった生活。

街でも声をかけられ、様々な人が俺を評価してくれ、力を望まれる。

いつの間にか、ずいぶんと遠いところまで来たような感じだ。

そして何より、こうして俺を愛してくれる彼女たちがいる。

その幸せをかみしめながら、ベッドに寝転んでいた。

「ねえ、グロム……」

そんな俺に、ネブリナが抱きついてきた。

彼女の柔らかな身体が押しつけられる。

「夜はまだまだ長いでしょ？」

「ああ、そうだな」

俺は彼女の髪をなでながら、そう答えた。

そしてその手を、背中へと回していく。セックスするのもいいし、ただ抱き合うのもいい。

何をしていても、最高に幸福だ。

ネブリナたちと作ったこの場所で、これからも、この幸せな時間が続いていくのだ。

俺はそう思いながら、ぎゅっと彼女を抱きしめた。

あとがき

みなさま、こんにちは。もしくははじめまして。赤川ミカミです。

慌ただしくしている内にいつの間にか年が明けて、一月もすぐに過ぎ去り……流れの速さに驚くばかりです。

嬉しいことに、今回もパラダイム出版様から本を出していただけることになりました。

これもみなさまの応援あってのことです。本当にありがとうございます。

さて、今作はパーティーをクビになった主人公が、爆速レベルアップというスキルを手に入れたことで成功し、ハーレムを作る話です。


本作のヒロインは三人。

教会から派遣されてきた、美少女のラヴィーネ。

錬金術師として成功し、街でも目立つ存在となった主人公のもとへ、教会から護衛も兼ねて派遣されてきました。

素直さが取り柄の明るい少女で、主人公にもなついてきます。

次に、冒険者時代からの知り合いで、商人のネブリナ。色気のある年上のお姉さんで、新進気鋭の商人です。

けだるげでマイペースに見えて実はやり手な彼女は、パーティーを離れた主人公を誘って、新しい店を始めます。えっちなことには積極的で、他のヒロインや主人公を、お姉さんとしてリードしてくれます。

最後は貴族のお嬢様であるスティーリア。主人公が助けたことでなつくようになった彼女は、すっかり工房に入り浸るようになります。

派手な外見もあり、外では気を張って強気な印象の彼女ですが、主人公にはベタ惚れで甘えてくるタイプです。

そんなヒロイン三人との、いちゃらぶハーレムをお楽しみいただけると幸いです。


それでは、最後に謝辞を。

今作もお付き合いいただいた担当様。いつもありがとうございます。またこうして本を出していただけて、本当に嬉しく思います。

そして拙作のイラストを担当していただいた218様。本作のヒロインたちを大変魅力的に描いていただき、ありがとうございます。特にネブリナの、色気のあるおねえさん感が最高です！　もちろん、ラヴィーネやスティーリアも、かわいくえっちで素敵でした！

最後にこの作品を読んでくれた方々。過去作から追いかけてくれた方、今回初めて出会った方……ありがとうございます！

これからも頑張っていきますので、応援よろしくお願いします。

それではまた次回作で！

二〇二一年一月　赤川ミカミ

キングノベルス
パーティーをクビになったけど最強《さいきょう》スキル『爆速《ばくそく》レベルアップ』で成《な》り上《あ》がり無双《むそう》！

2021年 2月26日 初版第1刷 発行

■著 者 赤川ミカミ
■イラスト 218

発行人：久保田裕
発行元：株式会社パラダイム
〒166-0004
東京都杉並区阿佐谷南1-36-4
三幸ビル4A
TEL 03-5306-6921
印刷所：中央精版印刷株式会社

KN087

転生貴族がSSSな宝島を楽園開拓！
～女だらけのこの場所で第二の人生はじめます!?～
これが理想の再出発！
休む暇なく愛されて、
転生生活ヤリ直し♥
愛内なの
Nano Aiuchi
illust:218
貴族家に転生したものの、家訓である宝探しの旅に出されたルーカス。運悪く海で遭難するもチート能力「開発促進」の効果で生き残り、女性だけが暮らす楽園島へと流れ着く。介抱してくれたエリシエと暮らすことになるが、当然、村中の女性が彼に興味津々で…。